김정신 글 · 김준영 그림

진선아이

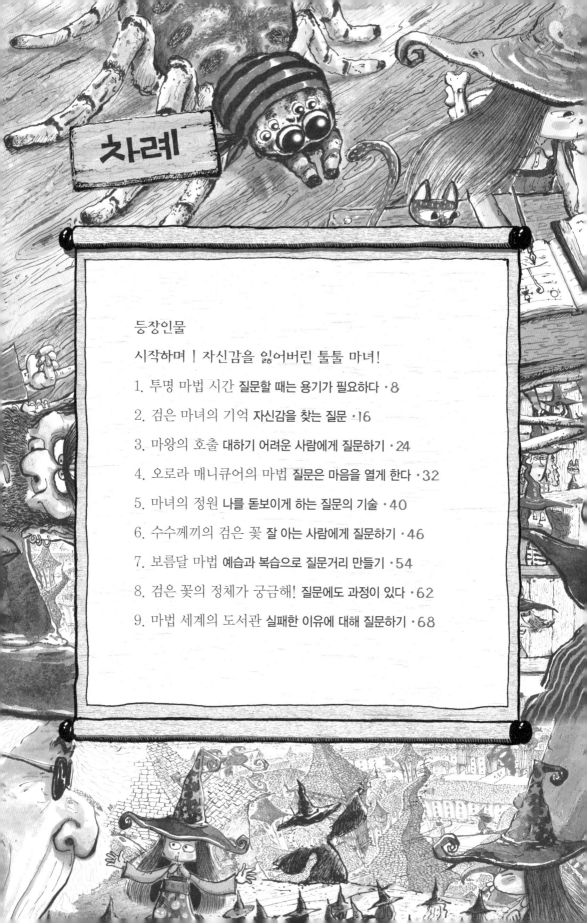

차례

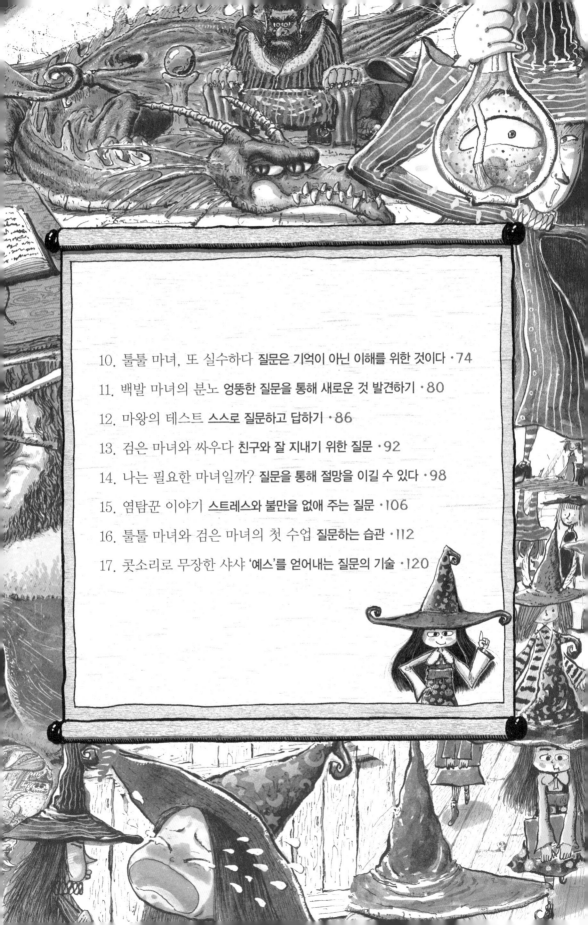

등장인물

툴툴 마녀 : 매사 삐딱하고 툴툴대기를 좋아한다. 마왕의 제1마법을 전수받을 정도로 다른 마녀에게 지는 걸 싫어하지만, 얼음 마법을 잘못 쓴 이후부터 자신감을 잃는다. 그러나 샤샤가 비밀 거래를 통해 얻어낸 검은 마녀의 질문 노트로 자신감을 되찾아간다.

샤샤 : 검은 고양이로 툴툴 마녀의 둘도 없는 친구다. 툴툴 마녀가 다른 마녀들의 눈치를 보고, 마법 스승에게 질문도 하지 못하는 걸 안타까워한다. 그래서 샤샤는 검은 마녀를 찾아가 비밀 거래를 한다.

검은 마녀 : 툴툴 마녀 때문에 제1마법 전수자가 되지 못한 마녀. 툴툴 마녀를 매번 골탕 먹이지만 툴툴 마녀를 싫어하진 않는다. 샤샤가 툴툴 마녀를 도와달라고 부탁을 해 오자 선뜻 받아 주는 대신 비밀 거래를 한다.

마왕 : 마법 세계의 왕. 겉으로는 마녀들에게 무섭게 대하지만 속으로는 마녀들을 무척 아낀다. 곧 어린 마녀들을 가르쳐야 할 툴툴 마녀가 힘없이 다니자 어떻게 힘을 줄 수 있을지 궁리한다. 마침 염탐꾼에게 중대한 마법 책을 스캔 당한 툴툴 마녀에게 자신이 키우는 애완 거미를 빌려 주어 사건을 해결하도록 돕는다.

염탐꾼 : 이웃 마법 세계에 사는 왕뿡 마녀의 애완 거미. 오래 살고 싶은 욕심에 왕뿡 마녀에게 오래 사는 마법을 받고, 대신 왕뿡 마녀의 염탐꾼이 된다. 그러나 점점 왕뿡 마녀의 욕심이 커지자 염탐꾼은 스트레스를 받는다. 어느 날, 제1마법을 전수받은 툴툴 마녀를 염탐하다가 툴툴 마녀에게 잡히고 만다. 결국 염탐꾼은 왕뿡 마녀가 준 임무와 툴툴 마녀가 준 기회 사이에서 선택을 하게 된다.

자신감을 잃어버린 툴툴 마녀!

툴툴 마녀는 바다 마녀의 도움으로 마왕의 카타리나를 원래대로 되돌릴 수 있었어. 마법 세계는 평소와 다름없었고 마왕의 까칠함도 변함이 없었지. 그런데 마법 수업을 들을 때마다 어린 마녀들이 툴툴 마녀를 보고 수군댔어.

"제1마법을 전수받은 마녀가 자기가 건 얼음 마법도 제대로 못 풀었다며?"

"하마터면 얼음이 된 카타리나가 녹아 버릴 뻔했대."

툴툴 마녀의 자신감은 저 발가락 아래까지 내려가 올라올 줄을 몰랐어. 늘 제멋대로였던 툴툴 마녀의 눈동자에 힘이 하나도 없었어.

보다 못한 샤샤가 꼬리로 툴툴 마녀 궁둥이에 똥침을 해 보았어. 다른 때 같으면 빗자루를 타고 쏜살같이 날아가, 달아나는 샤샤를 따라잡았을 테지만 이번만큼은 영 반응이 없었지.

"툴툴 마녀님, 기운 좀 내세요!"

"내가 뭘."

"아까 마법 수업 시간에 그게 뭐예요? 다른 마녀들은 새로 배운 마법에 대해서 질문도 하고 그러던데."

"나도 질문할 게 많아. 하지만 괜히 눈치가 보여. 지난번 일로 다른 마녀들이 날 우습게 보는 것 같아. 마왕님도 그렇고……."

"지난번 일은 이미 다 해결됐잖아요! 그것도 툴툴 마녀님 힘으로요!"

"다른 마녀들은 그렇게 생각하지 않는 것 같다고."

샤샤는 일이 심각하다는 걸 깨달았어.

머지않아 툴툴 마녀는 어린 마녀들을 가르쳐야 해. 그건 제1마법을 전수받은 마녀가 꼭 해야 할 과제 중 하나지. 그런데 수업 시간에 질문도 제대로 못 하는 마녀가 어떻게 다른 마녀들을 가르칠 수 있겠어?

샤샤는 용기를 내어 툴툴 마녀 몰래 검은 마녀를 찾아갔어. 누구한테도 지기 싫어하는 검은 마녀는 수업 시간에 항상 도전적이고 자신감이 있었어. 모르는 건 제일 먼저 나서서 질문을 했지. 샤샤는 검은 마녀가 툴툴 마녀에게 도움을 주길 바랐어.

"검은 마녀님, 제발 도와주세요."

"글쎄……."

검은 마녀는 한참 동안 생각에 잠겼다가 입을 열었어.

"내가 도와주면 나에게 뭘 해 줄 건데?"

"원하시는 건 모두 해 드릴게요."

이렇게 해서 샤샤와 검은 마녀의 비밀 거래가
시작되었어. 툴툴 마녀는 과연 잃어버린
자신감도 얻고 질문의 기술도 터득할 수 있을까?

1. 투명 마법 시간

"오늘은 투명 마법에 대해 배우겠다."

검은 망토를 유난스럽게 펄럭이며 마왕이 말했어.

"꺄오! 내가 제일 알고 싶었던 마법이야."

"투명 마법은 써먹을 데가 많단 말이야."

마녀들이 재잘거렸어. 그러자 마왕이 일침을 놓았어.

"꼭 알아 둘 게 있다. 너희가 아무리 투명 마법을 걸었어도 내 눈에는 다 보인다는 사실! 또한 투명 마법을 함부로 사용하면 어떻게 되는지 《마녀의 역사》 452쪽을 찾아보도록!"

아주 오래전, 한 마녀가 투명 마법에 대한 대가를 단단히 치른 적이 있었어. 가지 말라고 금지해 놓은 비밀 지하실에 투명 마법을 걸어 몰래 간 거야. 하지 말라는 건 왠지 하고 싶은 게 어린

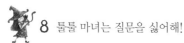

마녀들의 특기잖아. 마왕이 비밀 지하실 문을 열 때 몰래 뒤따라 가서 주문을 엿듣고선 나중에 투명 망토를 쓰고 지하실 안으로 들어갔지. 그 마녀는 유난히 기억력이 좋아서 꽤 긴 주문이었는데도 외울 수 있었어. 그런데 지하실에 들어가자마자 마왕이 어떻게 알았는지, 그 마녀 앞에 바람같이 나타난 거야. 투명 망토를 써서 전혀 보이지 않았는데도 말이야. 마왕은 자신의 넓은 망토로 마녀를 둘둘 말아서 데리고 나왔어.

그 마녀는 어떻게 되었냐고? 그건 《마녀의 역사》 452쪽에 자세히 나와 있어. 그건 그렇고 마왕이 이 얘기를 하자 재잘거렸던 마녀들 입이 쏙 들어갔지.

이제 본격적으로 수업이 시작되었어. 마왕은 마녀들에게 검은 망토를 하나씩 나누어 주었어.

"우선 투명 마법에 대해 수업을 하기에 앞서 망토에 주문을 건

다. 이 주문은 아주 길고 복잡한 주문이라 오늘은 정신을 집중해서 주문 외우는 법을 연습해 보겠다."

마왕은 길고 긴 주문을 외웠어.

그때 검은 마녀가 일어나더니 마왕에게 질문을 하는 거야.

"《아슬아슬한 투명 마법》이란 책에서 보면 예전 마녀들이 외웠던 주문이 지금보다 짧았던 것 같은데요? 그 주문은 이제 통하지 않는 건가요?"

툴툴 마녀는 깜짝 놀랐어. 자기도 방금 검은 마녀가 했던 질문을 똑같이 하고 싶었거든. 놀기 좋아하는 어린 마녀들은 책 읽는 거라면 흡혈 거미에 물리는 것만큼이나 싫어해. 하지만 이래 봬도 툴툴 마녀는 제1마법까지 전수받은 마녀잖아. 검은 마녀가 말한 마법 책을 안 봤을 리 없지. 툴툴 마녀가 질문을 할까 말까 망설이는 사이에 검은 마녀가 먼저 질문을 한 거야.

마왕이 콧수염을 씰룩거리며 검은 마녀를 쳐다봤어.

"좋은 질문이다, 검은 마녀!"

마왕은 직접 검은 마녀 옆으로 다가오더니 머리를 쓱쓱 쓰다듬어 주었어.

"열심히 예습했으니 보너스 1점!"

그걸 본 툴툴 마녀는 정말 죽을 맛이었어. 예전 같으면 자기가 얻었을 보너스 점수를 검은 마녀에게 빼앗겼잖아. 속이 부글부글 끓어올랐지.

샤샤가 속삭였어.

"이번엔 툴툴 마녀님이 책에 있는 주문을 외워 봐요. 마왕님 귀에 크게 들리게요!"

툴툴 마녀는 몇 번이나 입을 달싹거렸어. 하지만 입 밖으로 한 마디도 내뱉을 수 없었어.

"못 하겠어. 내가 말하면 다른 마녀들이 킬킬대며 웃을 것 같단 말이야."

"아무도 안 웃어요!"

샤샤가 아무리 속삭여 봐도 툴툴 마녀는 용기를 내지 못했어.

결국 검은 마녀는 보너스 점수를 2점이나 받았고, 툴툴 마녀는 한 마디도 못하고 수업을 마쳤어.

어깨가 축 처져서 나오는 툴툴 마녀 뒤에서 검은 마녀의 목소리가 들려왔어.

"잠깐! 툴툴 마녀."

툴툴 마녀는 걸음을 멈추었어.

"그렇게 당당하고 제멋대로였던 제1마법

전수자께서 왜 이렇게 소심해졌을까?"

툴툴 마녀에게 다가온 검은 마녀가 놀리듯 말했어.

"상관 마!"

"제1마법이 영원히 네 거라고 생각하진 않겠지? 나에게 빼앗기기 싫으면 날 따라오든가."

검은 마녀는 뒤도 안 돌아보고 앞으로 성큼성큼 걸었어. 툴툴 마녀는 창피하기도 하고 화도 났어.

"툴툴 마녀님, 어서 검은 마녀를 따라가요. 설마 검은 마녀에게 지고 싶은 건 아니죠?"

툴툴 마녀는 너무 속이 상했지만 일단 검은 마녀를 따라가 보기로 했어. 검은 마녀는 마법 학교 뒤편 축축한 땅 위에 섰어. 그곳은 마녀들의 애완용 민달팽이를 대량으로 기르는 곳이었지.

검은 마녀가 주문을 외우자 매끈하게 잘 빠진 민달팽이 한 마리가 진흙 속에서 쏙 나오는 거야. 그러고는 검은 똥을 쑥 싸놓고는 다시 진흙 속으로 들어갔지. 다시 검은 마녀가 주문을 외우자 검은 똥은 검은 노트가 되었어.

검은 마녀는 검은 노트를 툴툴 마녀에게 주었어. 툴툴 마녀는 노트를 넘기기 시작했어.

노트에는 검은 마녀가 써 놓은 글들로 가득했어.

질문할 때는 용기가 필요하다

질문 노트 chapter 1.

용기가 생기는 질문 노트 만들기

난 남들 앞에 서면 얼굴이 빨개지고 말도 제대로 하지 못하는
마녀였어. 그야말로 용기라고는 도롱뇽 발톱만큼도 없었지.
용기? 그건 내 안의 두려움이었어.
내 말이 웃음거리가 될까 봐, 친구들이 날 무시할까 봐
움츠러들었지. 언젠가 마왕이 내게 이런 말을 했었어.
"남과 다른 뛰어난 재능을 갖고 있더라도 용기가 없으면
성공할 수 없다."
나는 다른 마녀보다 책도 많이 읽고 아는 것도
많은데 왜 자꾸만 움츠러드는 걸까?
그래서 질문 노트를 만들기로
결심한 거야.

〈용기가 생기는 질문 노트 만드는 방법〉

책을 읽을 때마다 질문하는 버릇을 기른다. 이건 혼자서 질문하고 혼자서 답하는 방법이다. 책을 읽으면서 그때그때 궁금한 것을 적어 보고 답도 생각해 보는 것이다. 내가 답할 수 없는 질문이어도 좋다. 어떤 것이라도 좋다.

책 제목	〈인어공주〉
1	인어공주는 왜 땅 위로 올라가고 싶었을까?
2	인어공주는 왕자의 어떤 점에 반한 걸까?
3	물방울이 된 인어공주는 그 후에 어떻게 되었을까?

질문 노트를 만들면 내가 읽은 책을 누구보다 잘 이해할 수 있다. 마법 책을 읽을 때마다 난 이런 식으로 질문 노트를 만들었고, 아는 만큼 용기도 생겼다. 처음으로 용기를 내서 마왕에게 질문했던 기억이 떠오른다. 무엇이든 처음이 가장 중요하다. 한 번 하면 두 번 할 수 있고, 두 번 할 수 있으면 그다음은 무조건 할 수 있다!

검은 마녀는 왜 나에게 자기의 노트를 보여 준 걸까?
속임수처럼 보이진 않는데 뭔가 찜찜하다.
검은 마녀의 진심이 뭐지?
"툴툴 마녀! 너도 알잖아. 처음이 중요하다는 거.
할 수 있어. 용기를 내!"
이게 정말 검은 마녀의 진심일까?

2.검은 마녀의 기억

툴툴 마녀는 검은 마녀의 노트를 보고 깜짝 놀랐어. 검은 마녀가 용기가 없었다는 게 도저히 믿어지지 않았거든. 게다가 이유 없이 잘해 주는 것도 이상했어.

"노트를 왜 나에게 보여 주는 거야? 무슨 꿍꿍이가 있는 거 아냐?"

툴툴 마녀가 물었어.

매번 자신을 골탕 먹이려던 검은 마녀를 툴툴 마녀는 믿을 수 없었어.

"도와주려는데 고맙다는 말은 못할망정 그게 무슨 말이에요?"

샤샤가 콧잔등에 주름을 세우며 인상을 썼어.

툴툴 마녀는 오늘따라 검은 마녀 편에만 서는 샤샤가 못마땅

했어. 검은 마녀는 툴툴 마녀의 의심에도 아랑곳없이 앞장서 걸었어.

"난 집으로 갈 건데 따라오든가 말든가."

햇볕이 아주 잘 드는 공동주택 지역에 검은 마녀의 집이 있었어. 공동주택 주변에는 늘 그렇듯 아이들이 모여 떠들고 있었지.

검은 마녀가 문을 열고 들어가며 조용히 말했어.

"숨소리도 내지 말고 들어와. 우리 엄마는 무척 예민하거든."

검은 마녀의 집까지 와서 그대로 돌아갈 수는 없잖아. 툴툴 마녀는 까치발을 들고 숨을 참으며 검은 마녀의 집으로 들어섰어. 샤샤도 꼬리를 들고 살금살금 뒤를 따랐고. 실내로 들어가다가 툴툴 마녀는 하마터면 문틀에 걸려 넘어질 뻔했어. 실내가 아주 어두웠거든. 우당탕 소리가 나자 검은 마녀가 얼굴을 찌푸렸어.

"조용히 하라니까. 엄마를 건드리면 좋을 게 없다고!"

"하지만 너무 어둡잖아!"

검은 마녀는 안 되겠는지 망토를 크게 벌려서 툴툴 마녀와 샤샤를 감쌌어. 오늘 배운 투명 마법을 써서 순간이동을 해 버렸지. 툴툴 마녀는 검은 마녀 실력에 좀 놀랐지만 애써 태연한 척했어.

검은 마녀의 방은 무척 지저분했어. 그래도 커튼 사이로 삐져나오는 햇빛 때문에 앞을 분간할 수는 있었어.

"우리 엄마가 제일 싫어하는 게 시끄러운 소리야. 싸우는 소리,

애들 떠드는 소리, 문틈에 걸려 우당탕거리는 소리……. 그래서 종일 귀마개를 하고 있어. 마녀의 집이 밝으면 복이 나간다고 온종일 커튼도 치고."

"그래도 앞이 하나도 안 보이던데. 샤샤 안 그래?"

샤샤는 워낙 어둠에 익숙해서 툴툴 마녀를 그냥 물끄러미 쳐다봤어.

"익숙해지면 적응이 되지."

검은 마녀가 중얼거렸어.

"여긴 내 방이지만 그래도 떠드는 건 곤란해. 나도 내 방에서 떠들어 본 적이 없으니까. 엄마가 하라는 대로 해야지 별수 있겠어? 그래도 칭찬 한 번 못 받았지만."

검은 마녀 목소리가 차가웠어.

"어두워서 보이지도 않고 귀도 막았는데, 네가 말을 잘 들어도 엄마가 알 리가 없잖아?"

툴툴 마녀가 말했어.

"그렇지……."

툴툴 마녀는 검은 마녀가 가엾다는 생각이 들었어.

"나 자신에게 물어봤어."

검은 마녀가 툴툴 마녀 코앞까지 와서는 소곤거렸어.

"뭘?"

"난 지금 뭐가 불만이지?"

검은 마녀는 불만에 대한 질문의 답을 찾다 보니까 엄마의 안 좋은 점만 보였다고 했어. 그리고 모두 엄마 탓으로 돌리게 되었다고 했어.

"그래서 다른 질문을 했어. 나의 가장 대단한 점이 뭘까? 그리고 대답했지. 난 다른 마녀들에 비해 머리가 좋은 편이고 질투심도 많으니까 뭘 해도 잘할 수 있어!라고."

툴툴 마녀는 검은 마녀의 말을 듣고 고개를 끄덕였어.

'검은 마녀는 잃어 가는 자신감을 찾기 위해 그렇게 노력해왔구나.'

툴툴 마녀는 검은 마녀가 새삼 다시 보였어.

'그럼 나의 대단한 점은 뭘까?'

툴툴 마녀는 자신도 모르게 스스로 장점을 찾고 있었어.

자신감을 찾는 질문

질문 노트 chapter 2.

나를 알아 가는 질문이 필요하다.

툴툴 마녀는 검은 마녀의 이야기를 듣고 자기가 왜 자신감이 없어졌는지 스스로 질문했어.

질문	답변
나는 왜 자신감이 없을까?	1. 마왕에게 벌을 받아서.
	2. 제1마법까지 전수받은 마녀가 얼음 마법을 풀지 못해서.
	3. 다른 마녀들이 놀리는 것 같아서.

그러고는 자신의 가장 대단한 점에 대해 질문했어.

질문	답변
나의 가장 대단한 점은?	1. 툴툴거리지만 집중력은 좋다.
	2. 인간 세계에 다른 마녀보다 많이 다녀왔다.
	3. 제1마법을 전수받았다.

마지막 질문은 이랬지.

질문	답변
자신감을 가지려면 어떻게 해야 할까?	1. 나의 대단한 점을 매일 생각한다. 2. 아침마다 '나는 꽤 괜찮은 마녀야.'라고 세 번 말한다. 3. '나는 할 수 있어.'라고 크게 말한다. 4. 5.

툴툴 마녀가 마지막 질문에 대한 답을 끝까지 채우지는 못했지만 시간이 지나면 아마 답을 다 채울 수 있지 않을까?

생각해 보니
나도 꽤
괜찮은걸!

이제 너희도 툴툴 마녀처럼 질문을 해 봐. 자신에 대해 더 잘 알수 있을 거야. (답은 많을수록 좋아. 답이 많을수록 자신에 대해 잘 알고 있다는 뜻이니까!)

질문	답변
나는 왜 자신감이 없을까? (나는 어느 때 자신감이 없을까?)	1. 2. 3.

질문	답변
나의 가장 대단한 점은?	1. 2. 3.

질문	답변
자신감을 가지려면 어떻게 해야 할까?	1. 2. 3.

3. 마왕의 호출

검은 마녀의 집에 다녀온 후 툴툴 마녀는 부쩍 마음이 편해졌어. 그래도 마왕을 대하는 것만큼은 편해지지 않았어. 마왕 그림자만 봐도 숨거나 달아나 버렸으니까.

오늘도 툴툴 마녀는 마법 수업이 끝난 후에 마왕을 피해서 실습실로 갔어. 오로라 매니큐어를 꼭 만들어 볼 생각이었거든.

오로라 매니큐어는 마녀들이 제일 좋아하는 액세서리야. 재료도 구하기 어렵고 만들기도 쉽지 않아서 더 인기가 많지. 주재료인 오로라 빛 한 줌과 지렁이 열한 마리, 굵은 똥파리로 만들 수 있어. 툴툴 마녀한테는 북반구 끝을 여행했을 때 가까스로 얻은 오로라 빛 한 줌이 있었거든. 황홀한 초록빛을 띠는 오로라 빛은 누가 봐도 탐낼 만해.

　툴툴 마녀는 지렁이 모양과 길이, 똥파리의 굵기를 잘 계산해서 재료를 모아 두었어.

　가마솥에 지렁이 열한 마리가 푹 고아졌을 즈음, 통통한 똥파리 한 마리를 넣고 마지막으로 오로라 빛 한 줌을 넣는 거야. 그 다음 주문만 외우면 돼. 오로라 매니큐어를 손톱에 바르면 오로라의 황홀한 초록빛과 똥파리의 오색 빛이 합쳐져 신기한 빛깔이 만들어져. 검은 마녀도 분명 귀한 오로라 매니큐어를 좋아할 거야.

　"쳇, 나도 못 바르는 귀한 매니큐어를 검은 마녀에게 선물하다니……."

　손은 바빴지만 툴툴 마녀는 계속 툴툴거렸어. 뭘 받으면 꼭 보답을 해야 하는 툴툴 마녀였어. 그래도 오로라 매니큐어는 좀 아깝다는 생각이 들었지.

  그때 '끼이익' 소리가 나더니, 실습실로 샤샤가 들어왔어.

"깜짝이야!"

"툴툴 마녀님! 마왕님이 부르시는데요?"

가마솥이 끓고 있는 조리대 위로 샤샤가 풀쩍 뛰어올랐어.

"뭐? 마왕님이 왜?"

툴툴 마녀는 마왕이란 말에 놀라서 가마솥을 엎을 뻔했어.

"그거야 저도 모르죠."

툴툴 마녀의 머릿속에 오만 가지 생각이 떠올랐어.

'날 또 혼내시려나? 내가 뭐 잘못한 게 있나?'

"그런데 뭘 만드시는 거예요?"

"오로라 매니큐어. 샤샤, 거의 다 됐으니까 마무리 좀 부탁해. 끈적거릴 때까지 잘 저어서 이 병에다 넣으면 돼."

툴툴 마녀는 샤샤에게 마무리를 부탁하고 실습실을 나섰어.

마왕의 방까지 가는 동안 툴툴 마녀는 가슴이 방망이질 쳤어. 죄를 지은 것도 아닌데 몸이 생쥐처럼 작아지는 것 같았지.

마왕의 방에 들어섰을 때 툴툴 마녀는 깜짝 놀랐어. 방안이 거미줄투성이였거든.

"어서 오너라."

마왕의 목소리가 들렸어.

툴툴 마녀는 궁금했어. 마왕이 거미를 새 애완동물로 기르고 있는 것인지, 새로운 마법을 연구 중인지 말이야. 거미에 대한 마법이라면 툴툴 마녀도 궁금한 게 많았거든.

"저…….. 거미…….."

툴툴 마녀는 머뭇거리다가 결국 아무 말도 하지 못했어. 마왕에게 괜한 걸 물었다가 버릇없다는 말을 듣거나 꾸중을 들으면 어떡해. 그냥 그런가 보다 하고 지나치는 게 속 편한 일이지.

"툴툴 마녀야, 거미줄을 보니 생각나는 거 없느냐?"

마왕이 물었어. 툴툴 마녀는 궁금한 걸 물어보려다가 입을 꾹 다물었어. 아무래도 아직은 나설 때가 아니었어.

마왕은 다시 물었어.

"툴툴 마녀야, 네가 나를 처음 만났을 때 물었던 것을 기억하느냐?"

툴툴 마녀는 마왕의 눈을 빤히 쳐다보았어. 그러고는 생각에 잠겼어.

마왕을 처음 만났을 때……. 아주 오래전의 일처럼 느껴졌지만 첫 물음만은 또렷하게 기억났어.

"마법 세계에서 가장 마법을 많이 알고 있는 분이 마왕님인가요?"

그때는 너무 어려서 마왕님 무서운 것도 모르고 마구 질문을 해댔지.

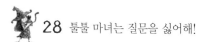

마왕이 말했어.

"다른 마녀들은 감히 하지 못한 질문을 네가 했어. 마녀라면 자기가 궁금한 것쯤은 용감하게 물어볼 줄 알아야지. 물어보지 않으면 원하는 것을 얻을 수 없으니까."

툴툴 마녀는 마왕이 무슨 뜻으로 이런 얘기를 하는지 잘 몰랐어. 여전히 마음만 답답했지.

'하지만 지금은 내가 너무 보잘것없어 보여요. 내가 물으면 마왕님이 싫어할 것 같다고요.'

툴툴 마녀는 굳게 다문 입속에서 이렇게 말하고 있었어.

대하기 어려운 사람에게 질문하기

질문 노트 chapter 3.
'싫다.'는 답을 들을 거라고 미리 생각하지 말기

나보다 강하거나 힘이 센 사람이나 대하기 어려운 사람 앞에 있다면 어떨 것 같아? 괜히 주눅이 들고 피하게 돼. 그리고 강해 보이는 사람이 무슨 말을 했을 때 의문이 들더라도 일단 인정하게 되고.

하지만 집에서 혼자 곰곰이 생각해 보면 후회스럽기도 해. 그러니까 내가 조금 불리한 입장일수록 더 질문할 필요가 있어.

'난 보잘것없으니까.'라고 생각하고 아무 질문도 하지 않는 것은 그저 변명일 뿐이야.

묻지 않으면 내가 원하는 것을 하나도 얻을 수 없어. 친절하게 묻는 사람에게는 어떤 사람도 거절하지 못한다. 그리고 지금 질문에 대한 답을 얻지 못하더라도 분명 답을 얻을 기회가 생긴다는 걸 기억해!

물어보지 않으면
원하는 것을
얻을 수 없어!

누군가에게 물어보고 싶은 질문이 있는데, 만약 '아니오.'라는 대답을 듣거나 내가 바라는 답이 아닐 경우에 나는 어떻게 해야 할까?

질문과 답	이렇게 해 보세요!
"선생님처럼 수학을 잘하려면 어떻게 해야 하나요?" "선생님이 지금 많이 바쁘구나."	"그럼 다음에 시간 되실 때 꼭 알려 주세요."
"너는 왜 축구공을 나한테는 안 주니?" "자꾸 빼앗기니까."	"내가 기술이 좀 부족하지? 나중에 축구 기술 좀 가르쳐 줄래?"
"여기서 제일 맛있는 아이스크림이 뭔가요?" "여긴 다 맛있어."	"그럼 초콜릿이 들어간 것 중에서 맛있는 걸 추천해 주세요."

4. 오로라 매니큐어의 마법

뜻밖의 선물을 받은 검은 마녀는 멍한 표정으로 오로라 매니큐어를 쳐다보았어. 정말 예쁜 색이었어. 똥파리의 빛나는 색과 오로라 빛이 어우러져 해와 달과 별과 하늘과 여러 빛깔의 꽃들이 매니큐어 속에 고스란히 녹아든 것 같았지.

"툴툴 마녀, 이거 어디서 났어?"

"어디서 났겠어? 내가 직접 만들었지."

툴툴 마녀도 사실은 좀 아까운 생각이 들었어.

"햐! 실력 좋은데! 감동이야!"

"내가 빚지고는 못 사는 성격이라서."

툴툴 마녀가 새침하게 말했어.

"그 노트 때문이야? 빚으로 생각할 필요는 없는데. 샤샤 저 녀석이······."

검은 마녀가 뭐라 말하려는데 샤샤가 발톱으로 검은 마녀의 발등을 꼬집었어.

"샤샤가 뭐?"

"그, 그게 아니라, 제가 매니큐어 마지막 작업을 했잖아요. 제 노력도 인정해 달라, 뭐 이런 말이었어요."

샤샤가 검은 마녀를 째려보며 툴툴 마녀에게 애교를 부렸어.

"마···맞아. 샤샤가 오로라 매니큐어가 잘 만들어진 건 자기 노력이 크다고 생색을 냈어."

검은 마녀가 우물쭈물 말했어.

"그건 그렇고 선물도 받았으니 나도 너에게 다른 걸 줘야겠네. 나도 빚지고는 못 살거든."

검은 마녀는 주위를 둘러보더니 우렁차게 외쳤어.

"오로라 매니큐어 바르고 싶은 마녀는 당장 이리로 모여라!"

툴툴 마녀는 깜짝 놀랐어.

"그 귀한 걸 다른 마녀들에게 발라 준단 말이야?"

눈 깜짝할 사이에 마녀들이 우글우글 모여들었어.

"이건 툴툴 마녀가 만들었어. 이걸 바르고 싶으면 툴툴 마녀에게 궁금한 걸 한 가지씩 질문해야 해."

검은 마녀가 말했어.

"지금 뭐하는 거야?"

툴툴 마녀는 어이가 없었어.

"그냥 내가 하는 대로 해."

검은 마녀는 자기 옆에 툴툴 마녀를 앉히고, 첫 번째 마녀에게 오로라 매니큐어를 발라 주기 시작했어.

"우와! 환상적인데! 툴툴 마녀, 오로라를 대체 어디서 구한 거야?"

툴툴 마녀는 어안이 벙벙하다가 얼마 전 북반구에 갔을 때 이야기를 들려주었어.

"굉장해!"

첫 번째 마녀 손가락에 오색의 오로라 매니큐어가 다 발라졌어. 다른 마녀들은 부럽게 바라보며 자기 차례를 기다렸어.

두 번째 마녀가 손가락을 펴며 물었어.

"툴툴 마녀, 요즘 왜 그렇게 조용한 거야? 뭐 안 좋은 일이라도 있어?"

"어?"

툴툴 마녀는 아무렇지 않게 물어보는 마녀를 보고 말문이 막혔어. 안 좋은 일이 있냐니, 당연하지. 마왕의 카타리나를 얼음으로 만들고 그 마법을 풀기 위해 인간 세계까지 다녀왔는데! 툴툴 마녀는 자기를 놀리는 말인지 아닌지 헷갈렸어.

"마법 수업 시간에 만날 마왕님을 귀찮게 했던 툴툴 마녀가 요즘은 너무 조용해서 하는 말이야. 할 말이 없으면 툴툴대기라도 했잖아."

그 말은 모두 사실이었어. 툴툴 마녀는 아무 일도 없다고 말하고는 고개를 숙였어. 세 번째, 네 번째……. 매니큐어가 다 없어질 때까지 툴툴 마녀는 질문을 받았지만, 지난번 실수에 대한 얘기는 하나도 없었어.

오로라 매니큐어를 바른 마녀들이 즐거운 얼굴로 모두 돌아간 후, 검은 마녀와 툴툴 마녀 둘이 남자 검은 마녀가 말했어.

"이제 알았지?"

툴툴 마녀는 검은 마녀를 쳐다봤어. 지금이야말로 궁금한 걸 물어봐야 할 때였거든.

"왜 이런 일을 벌인 거야?"

"자기가 한 실수는 자신에게는 어느 것보다 크게 느껴질 수 있지만, 남에게는 대수롭지 않다는 걸 보여주려고 그런 거야. 그리

고 다른 마녀들이 너에게 질문할 때 너에 대해 다시 한 번 생각하고 물었을 거야. 어때? 다른 마녀들이 너에 대해 잘 안다는 생각이 들지 않아?"

툴툴 마녀는 고개를 끄덕였어. 툴툴 마녀가 생각한 것처럼 다른 마녀들은 툴툴 마녀를 우습게 생각하지 않았던 거야.

"이게 바로 오로라 매니큐어의 마법이지."

검은 마녀가 오로라 매니큐어를 바른 자기 손가락을 들어 보이며 말했어.

'고마워, 검은 마녀.'

툴툴 마녀는 마음속으로 말했어.

질문은 마음을 열게 한다

〈검은 마녀 이야기〉

툴툴 마녀를 어떻게 도와줄까 궁리하다가 좋은 생각이 떠올랐어. 마녀들을 불러 모아 툴툴 마녀의 마음을 읽도록 하는 것이었어.

결과가 어땠냐고? 완전 대박 성공이었지. 난 처음부터 마녀들이 툴툴 마녀에게 나쁜 마음을 갖고 있지 않다는 걸 알았어. 하지만 그걸 내 입으로 알려 주면 너무 시시하잖아?

솔직히 말하면, 제1마법 전수자가 되어 잘난 척을 하던 툴툴 마녀가 힘이 쭉 빠져 다니는 것도 볼만했지만 말이야. 어찌 됐든 샤샤와 거래를 했으니까.

질문이란 건 말이지, 상대방의 마음을 열게도 해. 한 사람에게 질문을 하는 건 그 사람에게 모든 게 집중되었다는 걸 뜻하기도 하지. 질문을 받는 사람이 고민거리를 가지고 있다면 더 좋고. 특히 툴툴 마녀처럼 다른 마녀들이 자기를 싫어하거나 우습게 안다고 생각하고 있을 때 관심을 가져 주는 건 그 사람의 마음을 여는 데 큰 도움이 돼.

그럼 이제 마음을 여는 질문을 해 볼까?

1. 구체적인 질문

안 좋은 질문의 예	좋은 질문의 예
Q : 요즘 어떻게 지내? A : 잘…… .	Q : 무슨 고민거리 있어? A : 사실은…… .

2. 진심이 담긴 질문

안 좋은 질문의 예	좋은 질문의 예
Q : 그 머리핀 어디서 샀어? A : 선물가게.	Q : 그 머리핀 정말 예쁘다! 너한테 정말 잘 어울려. 머리핀 어디에서 샀는지 가르쳐 주지 않을래? A : 머리핀 사러 나랑 같이 갈래?

3. 마음을 읽어 주는 질문

안 좋은 질문의 예	좋은 질문의 예
Q : 혼자서 뭐해? A : 그냥.	Q : 혼자 있으니까 외롭지 않니? A : 응. 나 요즘…… .

5.마녀의 정원

　마법 세계에는 아주 커다란 정원이 있어. 그곳은 마녀들의 공동 정원인데 마법에 필요한 식물을 키우는 곳이야. 보통 집집마다 정원을 하나씩 가지고 있긴 하지만 툴툴 마녀처럼 마법을 배우는 어린 마녀들은 커다란 공동 정원에서 식물을 기르지.

　마녀들의 정원이 평지에 펼쳐진 보통 사람들의 정원과 비슷할 거라고 생각하면 안 돼. 마녀 정원으로 가려면 가파른 계단을 자그마치 천 개는 올라가야 해. 올라가다가 숨넘어가는 게 아니냐고? 그럴 리 있겠어? 마법 빗자루는 두었다가 어디에 쓰게? 구백구십 칸 계단까지는 빗자루를 타고 올라갈 수 있어. 단 마지막 열 계단은 꼭 발로 딛고 올라가야 하지만.

　툴툴 마녀는 얼마 전 심어 놓았던 레몬밤이 잘 자라는지 보려

고 정원으로 갔어. 어금니 하나가 썩었는지 치통이 심해졌거든.
레몬밤 잎을 잘 말려 시럽을 만들면 치통에 아주 좋은 약이 돼.
툴툴 마녀가 빗자루를 타고 구백구십 칸 계단에 막 도착했을 때였
어. '우당탕탕' 소리가 나며 위에서 어린 마녀가 굴러떨어졌어.

"에고고, 마녀 살려!"

툴툴 마녀는 어린 마녀가 더 아래로 떨어지지 않도록 발바닥에
힘을 꾹 주고 서 있었어. 그 덕에 어린 마녀가 툴툴 마녀 발에 걸
렸지.

"엇! 툴툴 마녀님, 고마워요! 하마터면 뾰족한 코가 납작이가
될 뻔했어요."

어린 마녀는 툴툴 마녀를 알아보고 인사를 했어.

"요새 어린 마녀들은 통 조심성이 없단 말이야……."

툴툴 마녀는 어린 마녀를 더 꾸짖으려다가 그만두었어. 자기가
저질렀던 실수가 떠올랐기 때문이야.

어린 마녀가 투덜댔어.

"누가 계단에 이끼를 발라 놓았지 뭐예요. 누군지 잡히기만 해
봐. 개구리로 만들어 줄 거야!"

툴툴 마녀가 보니 정원으로 향하는 마지막 계단에는 이끼가 잔
뜩 끼어 있었어. 누군가 정원에 못 들어가게 하려고 방해를 하는
게 분명했어.

"툴툴 마녀님이 전수받은 제1마법에 이끼를 없애는 마법도 있

어요?"

어린 마녀가 물었어.

"없는데⋯⋯."

툴툴 마녀가 마왕이 낸 문제를 유일하게 풀어 제1마법을 전수 받았잖아. 하지만 제1마법에는 이끼를 없애는 마법은 없었어.

어린 마녀가 다시 물었어.

"그래도 제1마법 전수자는 이끼를 없앨 수 있죠?"

툴툴 마녀의 표정이 일그러졌어. 솔직하게 모른다고 하기엔 자 존심이 상하고, 안다고 허풍을 쳐봤자 탄로 날 게 뻔했거든.

곰곰 생각하던 툴툴 마녀가 어린 마녀에게 물었어.

"지금 생각하고 있어. 그런데 네가 나라면 어떻게 이끼를 없애 겠니?"

"글쎄요. 이끼는 습한 곳에 많이 끼니까 우선 이끼를 말려서 바 람으로 날려 버리는 거예요. 난 이끼를 말리는 마법은 부릴 수 없지만요."

툴툴 마녀 머리가 번쩍 뜨였어.

'왜 그 생각을 못했지?'

"정말 좋은 생각이야! 이끼를 없애는 방법은 모르지만 말릴 수 있는 방법은 아니까, 한번 해 보자."

툴툴 마녀는 주문을 외웠어.

"얄라 깔라 부리옹 촉촉에서 바삭, 축축에서 뽀송, 부리옹 깔

라 얄라 말라라 이끼, 얍!"

그러고는 어린 마녀 얼굴에서 바싹 마른 부스럼 한 조각을 떼어내 계단 위로 던졌어. 그러자 이끼가 점점 마르더니 파삭거리기 시작했어. 그때 바람 한 점이 휙 불더니 파삭한 이끼를 모두 밀어내 버렸지.

"이야! 대단해요, 툴툴 마녀님!"

어린 마녀가 손뼉을 치며 좋아했어.

"이게 다 네 덕분이야."

마음 졸였던 툴툴 마녀의 표정도 아주 밝아졌지.

나를 돋보이게 하는 질문의 기술

> 질문 노트 chapter 5.
> 모를 때는 두려워 말고 질문해라.

나보다 어린아이가 내게 뭔가를 물어보는 경우는 종종 있는 일이야. 아니면 같은 학급에서 나보다 공부를 못하는 아이가 궁금한 것을 물어보기도 해. 그럴 때 질문의 답이 내가 알고 있는 것이라면 좋겠지만, 나도 모르는 경우엔 어떻게 할까?

모른다고 하자니 자존심이 상하고, 안다고 하자니 거짓말이 탄로 날 것 같고. 우리는 가끔 착각을 해. 똑똑하면 뭐든지 다 알고 있을 거라는 착각이지. 하지만 똑똑한 사람이 더 질문을 많이 한다는 사실을 아니? 그리고 모르는 것을 질문하고 알고자 하는 사람을 그 누구도 무시하지 않아.

내가 물어보려니까
왠지 자존심 상해!

그건 창피한 게
아니라고요~

게임에 대해 묻는데 나는 그 게임을 모를 때

"나는 ○○○게임 지존까지 올라갔어. 너는 레벨이 뭐야?"

"우리 엄만 게임을 못하게 하는데 넌 좋겠다. 난 모르는 게임인데 그게 그렇게 재밌어?"

어떤 지식에 대해 묻는데 알지 못할 때

"겨울잠 자는 동물에는 어떤 것들이 있는지 알고 있지?"

"잘 모르겠어. 나도 잠자는 거 좋아하는데! 알고 있는 동물 있으면 알려 줄래?"

모르는 것은 당당하고 재치 있게 모른다고 말하고, 다른 의견도 두루 질문하는 것이 나를 더 돋보이게 하는 방법이라는 걸 꼭 기억해!

6. 수수께끼의 검은 꽃

툴툴 마녀와 어린 마녀가 이끼를 없애고 있을 때 정원의 모퉁이에 숨어서 그들을 바라보는 눈동자가 있었어.

'이런! 미끄러운 이끼를 잔뜩 자라게 하려고 우유를 엄청 쏟아부었는데, 우유만 아깝게 됐잖아!'

두 마녀가 계단을 올라 정원에 가까워질수록 숨어서 지켜보는 눈동자도 흔들렸어.

"검은 꽃으로 변해라, 얍!"

숨어 있는 눈동자는 얼른 주문을 외워 검은 꽃으로 변신했어. 그리고 정원 가장자리에 몸을 숨겼지. 바로 그때 두 마녀가 정원으로 들어왔고.

"툴툴 마녀님이 키우는 꽃은 뭐예요?"

"마법에 필요한 꽃이라면 뭐든 키워. 지금은 레몬밤이 필요해서 온 거고."

툴툴 마녀는 자기가 심어 놓은 화초들 근처로 갔어. 상큼한 레몬향이 나는 레몬밤 잎을 꺾어 상자에 넣었지.

어린 마녀는 여러 종류의 씨앗을 가지고 와서 화분에 심고 있었어. 그 모습을 본 툴툴 마녀는 처음 마법 학교에 왔을 때가 생각났어. 마법 책 수십 권을 꼼꼼히 읽고 마법 제조에 필요한 씨앗을 구했을 때 얼마나 기뻤는지 몰라.

어린 마녀가 씨앗을 다 심고, 정원을 돌아다닐 때였어.

"툴툴 마녀님! 이건 무슨 꽃이에요?"

툴툴 마녀가 검은 꽃에 가까이 갔을 때 검은 꽃은 왠지 움찔거리는 것 같았어.

"나도 처음 보는 꽃인데⋯⋯. 누가 이런 걸 심었지?"

검은 꽃의 생김새가 좀 이상하기는 했어. 넓적한 검은 꽃잎 속에 들어 있는 암술과 수술은 꼭 고양이 수염처럼 양쪽으로 뻗어나간 모양이었어. 게다가 꼬리처럼 길고 검은 잎이 달랑 하나만 달린 이상한 꽃이었거든.

"검은 마녀라면 이 꽃의 정체를 알 수 있을지도 몰라."

툴툴 마녀는 어린 마녀를 데리고

정원을 나왔어. 그리고 검은 마녀의 집으로 갔지.

검은 마녀는 이상한 생김새의 검은 꽃 설명을 듣고 갑자기 깔깔거리며 웃어댔어.

"이렇게 웃기는 얘길 집에서 하면 어떡해? 엄마가 시끄럽다고 화를 낼 테니 밖으로 나가자, 어서."

검은 마녀는 낄낄거리면서 두 마녀와 밖으로 나왔어.

"그러니까 정원에서 본 검은 꽃이 무슨 꽃인지 궁금해서 날 찾아왔다, 이거지?"

툴툴 마녀는 좀 화가 나려고 했어. 자신을 도와주려는 검은 마녀를 믿고 찾아왔는데, 대답은커녕 비웃기만 하잖아. 어린 마녀한테도 체면이 영 말이 아니었어.

"알아, 몰라? 모른다면 다른 마녀에게 갈 거니까 어서 대답이나 해."

툴툴 마녀가 묻자 검은 마녀가 대답했어.

"다른 마녀에게 가도 소용없어. 그런 꽃은 이제 없으니까."

그때였어.

샤샤가 헐떡이며 달려와 툴툴 마녀의 어깨 위로 껑충 뛰어올랐어.

"에고, 깜짝이야. 샤샤, 넌 하루 종일 어디 있다 오는 거야?"

"놀다가 왔는데, 왜요?"

샤샤가 아무렇지 않게 대답했어.

"우리가 분명히 봤단 말이야!"

툴툴 마녀의 목소리가 높아졌어.

"정말이에요."

기어 들어가는 목소리로 어린 마녀도 맞장구를 쳤어.

"그래? 그럼 가서 확인해 보면 되겠네."

마녀들은 빗자루를 타고 정원으로 날아갔어. 마지막 열 계단을 오른 후 정원으로 들어갔을 때, 이상하게도 검은 꽃은 찾을 수가 없었어.

"분명히 여기 있었는데!"

어린 마녀가 놀라서 두리번거렸어.

"그리 놀랄 것 없어. 여기 있었다는 것 정도는 나도 아니까."

검은 마녀의 말에 툴툴 마녀가 의심하는 눈초리로 쳐다봤어.

"툴툴 마녀, 나에게 물으러 온 건 아주 잘한 거야. 하지만 지금은 검은 꽃의 수수께끼를 밝힐 수 없어. 때가 될 때까지 기다리라고."

검은 마녀는 알 수 없는 얘기만 하며 혼자서 낄낄거렸어.

잘 아는 사람에게 질문하기

질문 노트 chapter 6.
답을 알거나 경험이 있는 사람이 누구일까?

길을 모를 때, 어려운 수학 문제를 만났을 때 누구에게 물어볼까? 물어보는 게 창피해서 나 혼자 해결한다고? 그래. 그건 가장 조용하면서 소극적인 방법이라고 할 수 있어. 혼자서 찾아내느라 많은 시간을 써서 뱅뱅 돌다가 찾으면 다행이지만 결국 못 찾을 때도 있지. 남의 도움을 받는 건 창피한 일이 아니야. 내가 남의 도움을 받았다는 건 훗날 남에게도 도움을 줄 수 있다는 뜻이니까.

길을 찾거나 잃어버렸을 때 누구에게 물어봐야 할까? 지나가는 아무에게나 물으면 답을 찾을 수 있는 확률이 높지 않아. 그 지역을 가장 잘 아는 사람에게 물어봐야 수고를 덜고 답을 알 수 있지.

실례지만
마법 성이 어디인지
아세요?

이런 이런!

그러면 그 지역을 가장 잘 아는 사람은 누굴까? 그건 부동산이나 경찰서 같은 곳이야. 부동산에서 일하는 사람들은 그 지역의 지리에 훤하고, 경찰들도 주변 지역을 순찰하기 때문에 지리를 잘 알거든.

수학 문제를 풀 때 막히면 누구에게 물어볼까? 당연히 수학을 잘하는 사람이겠지. 우리 반 반장도 좋고, 선생님도 좋고. 반장과 친하지 않다고? 그럼 네가 모르는 걸 물어보면서 반장과 친해지는 계기가 될 수 있어.

모르는 것이 생기면
스스로 이런 질문을 해 봐.
답을 가장 잘 아는
사람이 누굴까?

누구에게 물어볼까?

상황 I.
놀이동산에서 길을 (엄마를)
잃어버렸을 때

상황 2.
장난감 가게에서 가장 인기 있는
것이 무엇인지 알고 싶을 때

상황 3.
떡볶이를 만들고 싶을 때

상황 4.
숙제를 하다가 모르는 것이
있을 때

상황 5.
어떤 책을 살지 고민될 때

7. 보름달 마법

"샤샤, 정말 조마조마했다고!"

"제가 조사한 바로는 마녀들이 정원에 자주 오지 않는 시간이 그때였다고요."

검은 마녀가 꾸짖자 샤샤가 울상을 지었어.

"혹시나 해서 이끼도 뿌려 놨는데, 툴툴 마녀님이 그걸 없앨 줄은 정말 몰랐어요."

"툴툴 마녀가 이끼를 없앴어?"

검은 마녀가 못 믿겠다는 듯이 물었어.

"그렇다니까요. 역시 우리 툴툴 마녀님이야!"

"됐고, 담부턴 조심해! 난 보름달 마법 수업이 있어서 이만."

샤샤와 속닥이던 검은 마녀는 빠르게 걸음을 재촉했어.

샤샤가 정원에 간 건 순전히 검은 마녀 때문이야. 검은 마녀와 거래한 거 기억나지? 툴툴 마녀에게 도움을 주는 대신 약속한 것 말이야.

그중 하나가 정원에서 검은 마녀의 화원을 돌봐주기로 했거든. 원래 마녀 이외에는 정원에 못 들어가. 정확히 말하자면 마법 세계의 규칙을 어긴 거래지.

검은 마녀는 다른 건 잘하는데 꽃 가꾸기엔 영 실력이 없어. 그래서 자기 꽃을 잘 가꾸어 주면 툴툴 마녀를 돕겠다고 약속을 한 거야.

샤샤는 마녀들만 들어가는 정원에 몰래 들어가는 것이 맘에 걸렸지만 툴툴 마녀를 위해서 어쩔 수가 없었어. 그래서 다른 마녀들에게 들키지 않기 위해 계단에 이끼를 뿌려 놓은 거야. 샤샤도 마법을 쓸 줄 알지만 마법 세계에서 지금껏 마법을 써 본 적은 없었어. 그게 얘기하자면 길어서 지금은 여기까지만.

보름달 마법을 배우기 위해 마녀들이 모여 있었어. 마법 세계에서 가장 높은 보름달 언덕에 모여 보름달이 뜨는 날에만 배우는 수업이지. 하지만 보름달 마법은 몹시 어려워. 그래서 미리 공부를 하지 않거나 배운 걸 복습하지 않으면 좀처럼 써먹을 수가 없어.

툴툴 마녀는 수업 시간에 좀 더 적극적인 자세를 하기로 마음먹었어. 먼저 보름달 언덕에 올라간 툴툴 마녀는 마법 책을 뒤적거렸어. 알쏭달쏭 헷갈리는 주문과 아리송한 순서들이 툴툴 마녀를 괴롭혔어. 그와는 반대로 보름달 언덕에 오른 검은 마녀는 여유가 있어 보였지. 검은 마녀의 옆구리에는 두툼한 노트 한 권이 끼워져 있었고.

보름달 마법 수업이 시작되었어. 백발의 늙은 마녀 선생은 백발과 어울리지 않게 검은색 선글라스를 끼고 있었어. 곧이어 백발 마녀는 보름달을 향해 지팡이를 추켜올렸어. 그러고선 주문을 외웠지. 모두 숨죽여 그 광경을 쳐다보았어.

한순간 보름달의 기운이 지팡이 끝에 모이더니, 지팡이가 환한 불빛에 휩싸였어. 마녀들은 가지고 있던 검은 천으로 눈을 가렸어. 보름달의 기운은 아주 강해서, 빛을 본 누구라도 금세 눈이 멀고 말거든. 검은 천을 가렸는데도 빛의 기운이 어마어마하게 느껴졌지.

보름달 마법은 아주 위험한 순간에 쓸 수 있는 마법이야. 자신이나 마법 세계가 위험에 처했을 때, 그 위험에서 벗어나기 위한 마법이지.

잠시 후 백발 마녀 선생이 구령을 하자, 마녀들은 눈을 가렸던 검은 천을 벗었어. 언제 그랬냐는 듯이 지팡이는 처음 모습 그대로 되돌아와 있었지.

그때 검은 마녀가 손을 번쩍 들었어.

"선생님, 보름달 마법에서 가장 중요한 것은 무엇인가요? 만약 빛을 보고 눈이 안 보이게 되면 그것을 푸는 마법도 있나요? 그리고 보름달이 뜨기까지 기다리기에 너무 긴박한 상황이라도 때를 기다려야 하는 건가요? 또……."

검은 마녀의 폭풍 질문이 이어졌어.

백발 마녀 선생은 검은 마녀에게 조용히 다가와 한참을 바라봤어.

"음, 앞으로 기대되는 마녀로군."

그러면서 검은 마녀가 질문했던 걸 차례로 대답해 주었어.

툴툴 마녀는 검은 마녀가 대단해 보였어. 검은 마녀가 물어본 질문에 대한 대답을 함께 들으면서 보름달 마법에 대해서 더 잘 알게 되었기 때문이야.

수업이 끝난 후에 툴툴 마녀가 검은 마녀에게 물었어.

"그 대단한 질문거리는 어떻게 만드는 거야?"

검은 마녀가 툴툴 마녀를 힐끔 보았어.

"정말 궁금해? 그럼 날 따라와."

마녀의 동산에 툴툴 마녀와 검은

마녀가 나란히 앉았어. 검은 마녀

는 수업 시간 내내 옆구리에 끼고

있던 두툼한 노트를 펴서 툴툴 마녀에

게 보여줬지.

예습과 복습으로 질문거리 만들기

질문 노트 chapter 7.

공부의 기법 SQ3R

SQ3R이란? Survey-Question-Read-Recite-Review로 풀이돼. 즉, 훑어보기(Survey)-질문하기(Question)-읽기(Read)-암기(Recite)-복습하기(Review) 순으로 쓸 수 있어.

'훑어보기'란 전체적인 내용이 무엇인지 가볍게 훑어보는 거야. 오늘 배울 것이 '보름달 마법'이라면 수업 내용의 작은 제목과 큰 제목, 목차까지 전체를 훑어보는 거지. 책장을 슬슬 넘기면서 이 책은 무슨 책이며 앞으로 읽을 내용이 무엇인지 정도만 확인하는 단계야.

4장. 보름달 마법

학습 목표 : 보름달 마법이 어떻게 쓰이는지 이해한다.

담당 마녀 : 백발 마녀

(1) 보름달 마법의 시간

보름달 마법을 쓰는 방법과 주의사항에 대해 배운다.

(2) 보름달 마법의 주문

Ιανουάριος Φεβρουάριος,
Μάρτιος, Απρίλιος,
Μάιος, Ιούνιος, Ιούλιος,
Αύγουστος, Σεπτέμβριος,
Οκτώβριος, Νοέμβριος,
Δεκέμβριος

오늘 배울 곳은 4장의 작은 제목인
(2) 보름달 마법의 주문을 배울 차례야.
먼저 배울 곳을 확인해.

목차

다음은 맨 앞으로 돌아가
목차와 큰 제목을 살펴봐.

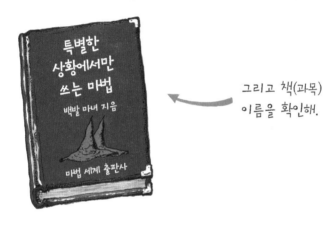

그리고 책(과목)
이름을 확인해.

'질문하기'는 SQ3R 기법에서 가장 중요한 것으로 앞의 '훑어보기'를 하면서 그때그때 모르는 곳에 물음표를 하고, 옆에 궁금한 것을 적어 두는 거야.

질문1. 보름달 마법에서 가장 중요한 것은 무엇인가?

질문2. 만약 보름달 기운이 가득 찬 빛을 보게 되어 눈이 멀게 된다면
그것을 푸는 마법도 있나?

질문3. 보름달이 뜨기 전에 큰일을 당한다면 때를 기다려야 하는 건가?

'읽기'는 책을 읽으면서 앞서 한 질문에 답을 찾아가는 과정이야. 스스로 답을 찾을 수도 있지만 모르는 것은 수업 시간에 선생님께 질문하면 그야말로 머릿속에 쏙쏙 들어오겠지.

'암기'는 읽은 내용을 되새기는 방법으로 암송해 보는 것이 좋아. 더욱 효과적인 방법은 자문자답으로, 스스로 질문하고 답하면서 써 보는 거야. 중요한 단어에 밑줄을 긋고 단어 풀이도 하면서 말이지.

'복습하기'는 앞의 2~4단계를 머릿속으로 정리하거나 노트에 요약해 보는 방법이야. 읽은 내용을 복습하는 마지막 단계야.

이렇게 하면 누구든 어려운 수업도 척척 이해하고 오래 기억할 수 있어. 꼭 잊지 말아야 할 건 제일 중요한 '질문하기'야.

SQ3R은 미국 군대에서 병사들을 교육하려고 만든 교육 프로그램이었어. 지금은 스스로 학습하는 자기 주도 학습에서 이 학습법을 많이 쓰고 있어. 너희도 책을 읽거나 교과서를 공부할 때 이 방법을 써 봐. 큰 효과를 거둘 수 있을 거야.

8. 검은 꽃의 정체가 궁금해!

검은 마녀가 돌아간 뒤 툴툴 마녀와 샤샤만 마녀의 동산에 앉아 있었어.

툴툴 마녀는 검은 마녀의 노트에 적혀 있던 '공부의 기법'을 보고 너무 깜짝 놀라서 가슴이 두근두근했거든. 정말이지 제1마법 전수자 자리를 검은 마녀에게 빼앗기지 않은 것이 신기할 정도였어.

"검은 마녀가 얼마나 열심히 하는지 이제 아시겠지요?"

"어. 만날 뺀질거리고 못된 짓만 하는 줄 알았거든."

"그러니까 툴툴 마녀님은 정말 운이 좋은 마녀예요."

인정하기 싫었지만 샤샤 말이 틀린 것도 아니었어.

"그럼 잊어버리기 전에 저랑 연습해 보는 거 어때요?"

"뭘?"

"뭐라뇨? 검은 마녀가 보여 준 질문거리 만드는 연습을 해 보자고요."

툴툴 마녀는 고개를 끄덕이다가 무슨 생각에선지 얼굴을 찌푸렸어.

"나는 검은 마녀처럼 떠드는 걸 좋아하지 않는단 말이야."

툴툴 마녀가 투덜댔어.

"나는 떠벌리듯 말하는 것보다 듣고 혼자 생각하는 걸 좋아한다는 거 너도 잘 알잖아?"

왠지 검은 마녀를 따라 하는 것 같아서 툴툴 마녀는 자존심이 상했지.

"바로 그거예요!"

샤샤가 말했어.

"뭐가?"

"듣고 생각하는 것! 그게 질문의 핵심이라니까요."

샤샤가 진지하게 설명하기 시작했어.

"어떤 마녀가 자기가 겪은 일에 대해서 말하고 있다면, 검은 마녀는 첫 마디만 듣고 자기도 비슷한 일을 겪었다며 자기 얘기만 할 거예요. 하지만 툴툴 마녀님은 그 얘기를 집중해서 끝까지 들어요. 이야기를 다 듣고 난 후 질문할 거리가 많은 마녀는 누구일까요? 검은 마녀일까요, 툴툴 마녀님일까요?"

"당연히 나 툴툴 마녀겠지."

툴툴 마녀가 생각해 보니 샤샤의 말이 하나도 틀리지가 않은 거야.

"샤샤! 넌 역시 나의 제일 친한 친구야!"

"뭘요."

샤샤가 쑥스럽다는 듯이 혀로 제 발을 핥았어.

"그럼 내일 배울 마녀 키쑥쑥이 체조에 대해서 질문할 거리를 찾아봐야겠다."

툴툴 마녀가 일어서며 말했어.

"좋은 생각이에요!"

언덕을 반쯤 내려오는데 마녀의 정원에 갔을 때 만났던 어린 마녀가 뛰어오는 게 보였어.

"툴툴 마녀님, 글쎄 제 친구 중에 정원에서 검은 꽃을 본 친구가 있대요!"

어린 마녀가 흥분했어.

"정말? 그럼 검은 꽃의 정체를 알 수 있다는 거야?"

"아뇨. 제 친구도 다시 갔을 때 검은 꽃이 사라지고 없었대요. 이거 나쁜 일이 일어난 징조 같은 거 아닐까요?"

"음......"

툴툴 마녀는 생각에 잠겼어.

제1마법까지 전수받은 마녀가 이런 심각한 일을 그냥 넘길 수는 없는 일이었지.

"생각 좀 해 볼게."

어린 마녀가 사라지자 툴툴 마녀가 고민에 휩싸였어.

괜히 마왕에게 말했다가 또 미움만 받으면 어쩌나 하는 걱정이 들었거든.

"툴툴 마녀님, 마왕님께 말하는 건 좀 아닌 것 같은데……요."

샤샤의 수염이 가늘게 떨렸어.

"너도 그렇게 생각하지?"

툴툴 마녀가 묻다가 샤샤 얼굴이 떨리는 걸 발견했어.

"그런데 말이야. 샤샤, 어쩐지 너 좀 이상해. 지난번 내가 정원에 갔을 때는 어디 있었던 거야? 검은 꽃을 같이 봤더라면 좋았잖아!"

그 말에 샤샤의 수염이 더 바르르 떨렸어.

"나도 사생활이 있다고요!"

샤샤는 괜히 큰소리를 치며 저만치 앞서 걸었어.

질문에도 과정이 있다

질문 노트 chapter 8.
질문거리를 만들면 수업 시간에 집중하게 된다.

〈툴툴 마녀가 알아낸 질문의 과정〉

1. 예습으로 공부할 내용을 충분히 알고 질문거리 만들기

예습을 할 때 훑어보기에서 그치지 않고 질문할 거리를 생각하는 과정이야.
새롭게 배울 단원에 어떤 내용이 나오는지 확인하고, 큰 제목과 작은 제목, 그림, 도표 등을 확인한 후 질문을 만들어 보는 거야.

2. 수업 내용을 잘 듣는다.

내용을 잘 알아야 질문도 잘할 수 있어. 말을 잘하는 사람이 질문을 잘할까? 잘 듣는 사람이 질문을 잘할까?
'잘 듣는 사람이 질문도 잘한다.'가 답이야.
일단 수업 시간에 잘 듣는 게 중요해!

3. 만들었던 질문에 답을 찾고, 새로운 질문 만들기

수업을 들으면 내가 만들었던 질문에 대한 답을 자연스럽게 찾게 돼.
그러면 내가 만들었던 질문거리들은 하나씩 지우고 대신 선생님의 수업 내용 중에서 새로운 질문을 만들어 보는 거야.

4. 수업 시간에 질문하기

질문을 만들면 그만큼 수업 시간에 집중하게 돼.
그러면 수업 내용이 머릿속에 쏙쏙 들어오지.
새로운 질문거리까지 만들었으면 바로 선생님께 질문하는 거야.
그때그때 질문을 못했다면, 수업이 끝나고 남은 시간에 질문하면 돼.

9. 마법 세계의 도서관

마법 세계에 있는 도서관은 아주 시끄러워. 마녀들이 모여서 잡다한 얘기를 나누거나 토론을 벌이기도 하거든. 게다가 도서관 이 층에는 마녀 선생들의 서재가 있어. 바로 그곳에서 새로운 마법이 탄생하는 거지.

도서관에서 온갖 마법이 시작되어서인지 새 마법을 엿보려고 다른 마법 세계에서 염탐꾼을 보내기도 해. 그래서 도서관에 있는 파리나 하루살이, 거미의 더듬이를 잘 살펴야 해. 잘 훈련받은 염탐꾼에겐 제 것보다 긴 더듬이가 하나 더 있거든.

툴툴 마녀는 오랜만에 도서관에 들러 책을 빌리기로 했어. 검은 마녀가 뭐든지 자기보다 많이 알고 있는 것 같았거든. 이대로라면 언젠가 제2마법 전수자는 검은 마녀에게 빼앗길지도 모른다는 느낌이 들었지.

샤샤와 툴툴 마녀는 도서관 자료실을 어슬렁거리다가 자료실 창문 건너편으로 보이는 백발 마녀의 서재를 보았어. 백발 마녀는 커튼을 연 채로 무언가를 하는 중이었어.

"툴툴 마녀님, 백발 마녀님이 새로운 마법을 만들고 있나 봐요. 지난번 보름달 마법도 그렇고, 정말 대단하지 않아요?"

샤샤가 툴툴 마녀의 어깨 위에서 말했어.

툴툴 마녀는 백발 마녀가 검은 마녀를 칭찬하던 모습이 떠올랐지.

"쳇, 뭐가 대단하다고 그래?"

"그럼 툴툴 마녀님도 언젠가 선생이 되면 백발 마녀님처럼 할 수 있다는 거예요?"

"누가 그렇대!"

툴툴 마녀는 괜히 심술이 나서 소리를 빽 질렀어.

"그러지 말고 이번 기회에 백발 마녀님한테 잘 보여 봐요. 백발 마녀님이 쓴《위험한 마법 책》도 다 읽었잖아요. 혹시 질문할 건 없었어요?"

질문할 거야 차고 넘쳤지만 툴툴 마녀는 아직 용기가 나지 않았어.

"자, 저랑 같이 가요."

샤샤가 떠미는 바람에 툴툴 마녀는 끌려가는 척 건너편에 있는 백발 마녀의 서재 앞에 도착했어.

막 서재의 문을 열려고 하는데, 바람이 휙 불더니 저절로 문이 열리는 거야. 툴툴 마녀는 깜짝 놀라 문 앞에서 방귀를 뽕 뀌고 말았어.

백발 마녀는 손가락에 불을 붙이는 마법을 시도하던 차였지. 손가락에 살짝 불이 붙는가 싶었는데 이내 꺼져 버렸어.

"죄, 죄송해요."

툴툴 마녀가 어찌할 바를 모르고 얼굴이 빨개졌어.

"내가 하는 마법이 얼마나 중요하고 무서운 마법인지 알고는 있나?"

백발 마녀는 눈을 차갑게 빛내며 툴툴 마녀를 쏘아보았어.

"아, 알고 있어요."

"벌써 191번째 시도였어."

툴툴 마녀는 쥐구멍이라도 있으면 들어가고 싶은 심정이었어.

"방해할 생각은 조금도 없었어요. 그럼 전…… 이만……."

툴툴 마녀가 문을 닫으려고 하자 백발 마녀가 소리를 질렀어.

"누가 마음대로 가라고 했어?"

툴툴 마녀는 이제 큰일 났다 싶었지.

"네 방귀 소리와 냄새가 특이하군. 오늘 뭘 먹었지?"

"네? 장미 꽃잎에 절인 무당벌레 조림을 먹었는데요……."

백발 마녀 눈이 동그래졌어.

"바로 그거야! 장미 꽃잎처럼 빨갛게 타오르는 불! 빨간 점의 무당벌레!"

툴툴 마녀는 무슨 소린지 알 수가 없었지.

"네 방귀 덕분에 손가락에 불이 붙었다고! 다시 해 봐야겠다. 장미 꽃잎에 절인 무당벌레 조림을 먹고 방귀 가스를 모아야겠어!"

백발 마녀가 툴툴 마녀 머리를 쓰다듬어 주었어.

"이제 저는 가 볼게요."

툴툴 마녀는 도망치다시피 백발 마녀의 서재를 나왔어.

"와! 툴툴 마녀님이 풀리지 않았던 마법의 열쇠를 준 거예요!"

툴툴 마녀는 도무지 정신없었지만 기분이 좋아졌어. 그리고 백발 마녀가 대단하다는 생각을 했어.

'백발 마녀가 내 머리를 쓰다듬었어!'

이제 조금은 용기를 낼 수 있을 것 같았어.

실패한 이유에 대해 질문하기

질문 노트 chapter 9.

실패한 이유를 찾으면 다시 시작할 수 있다.

공부를 열심히 했는데 성적이 엉망이야. 뭐가 잘못된 걸까? 스스로 질문을 해 봐. 주위 친구들을 보니 문제집을 많이 푸는 것 같아. 그래서 문제집으로 다시 공부해. 그런데 또 성적이 별로야. 그럼 이번엔 뭐가 잘못된 걸까? 다시 질문하지. 수업 시간에 선생님 말씀을 귀 기울여 듣지 않은 것 같아. 이번에는 수업 시간에 좀 더 열심히 들어 보기로 하지. 그래도 원하는 성적이 나오지 않았다면 과연 실패한 것일까? 절대 그렇지 않아.

토머스 에디슨이 발명한 전구는 자그마치 1,200번 실패한 후에 얻어낸 성과였어. 누군가 에디슨에게 이렇게 물었어.

"그동안의 많은 실패가 힘들지 않았나요?"

에디슨은 이렇게 대답했지.

"나는 실패한 게 아니에요. 1,200가지 방법이 전구를 만드는 데 효과가 없다는 것을 알아낸 거죠."

자기가 생각했던 방법이 실패했을 때 포기하기가 쉬워. 그러나 뭐가 잘못된 것인지 스스로 질문하고 다시 방법을 찾으면 처음과 다른 새로운 방법으로 다시 시작할 수 있어. 문제집으로, 수업 시간에 집중하는 것으로 성적을 올리지 못했다면, 나에게 맞는 새로운 방법을 찾아보는 거야.

SQ3R 공부법도 좋고, 나만의 질문 노트를 만들어 볼 수도 있어. 형광펜으로 중요한 것, 질문할 것, 다시 볼 것 등을 눈에 띄게 표시해 두는 방법도 좋을 거야.

어떤 일에 실패했다면 포기하지 말고 왜 실패했는지 그 이유에 대해서 스스로 질문해 봐. 분명 해답을 찾을 수 있을 거야.

10. 툴툴 마녀, 또 실수하다

툴툴 마녀가 도서관에서 고른 《위험한 마법 책》을 펼쳐 놓고 꼼꼼하게 다시 읽기 시작했어. 공부를 열심히 해서 이번 기회에 확실하게 백발 마녀에게 잘 보일 계획이었지.

툴툴 마녀는 혼자서 질문을 하고 답을 찾아갔어.

"보름달의 기운을 얻으려면 지팡이의 각도를 어떻게 해야 가장 좋을까?"

책장을 넘기는 툴툴 마녀의 손이 바빠지고, 눈빛도 초롱초롱해졌어.

"지팡이를 수직으로 세워 땅과 정확하게 직각으로 놓아야 하는 거구나."

질문하면서 책을 읽으니 내용이 머릿속에 쏙쏙 잘 들어왔어.

"툴툴 마녀님, 정말 열심히 하시는군요. 백발 마녀님도 틀림없이 인정해 주실 거예요."

책을 보던 툴툴 마녀가 샤샤를 힐끗 보며 말했어.

"그래도 난 검은 마녀가 마음에 걸린단 말이야."

"뭐가요?"

"내가 검은 마녀보다 뒤처질까 봐. 그리고 난 이미 검은 마녀의 도움을 여러 번 받았잖아. 이 사실을 마왕님까지 아신다면……, 휴……."

"도움을 받은 게 어때서요? 모르는 것에 대해서 도움을 좀 받았다고 해서 툴툴 마녀님이 검은 마녀보다 실력이 떨어지는 건 아니라고요."

"정말? 너밖에 없어, 샤샤!"

샤샤 말에 툴툴 마녀는 기분이 좋아졌어.

툴툴 마녀는 다시 책을 읽는 데 집중했어. 샤샤는 심심한지 어딘가로 사라지고 없었지. 툴툴 마녀는 노트에다 열심히 무언가를 그리며 공부했어.

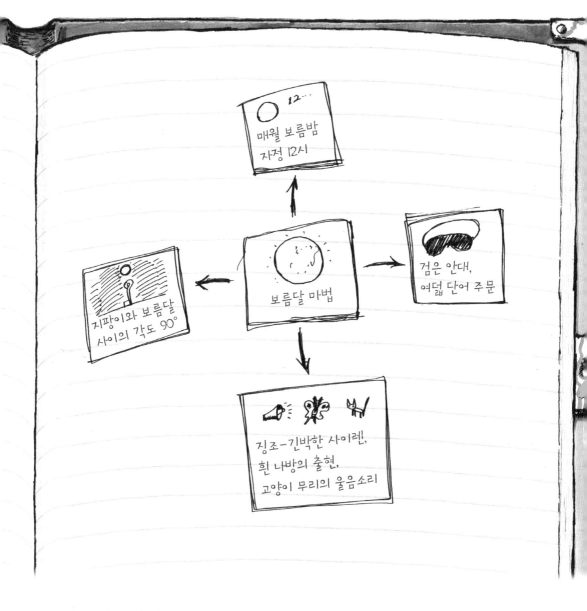

매월 보름밤
자정 12시

보름달 마법

검은 안대,
여덟 단어 주문

지팡이와 보름달
사이의 각도 90°

징조-긴박한 사이렌,
흰 나방의 출현,
고양이 무리의 울음소리

　툴툴 마녀가 한참 동안 무언가를 그리는 동안, 툴툴 마녀를 바
라보는 여덟 개의 눈이 있었어. 또로록 또로록 여덟 개의 눈을
굴리며 툴툴 마녀가 책장을 넘길 때마다 책을 스캔하고 있었어.
　집중하던 툴툴 마녀도 어느 순간엔가 이상한 느낌을 받았어.
천장 위에서 무언가 내려오는가 싶더니 사라지고, 내려오는가
싶더니 사라지는 거야.

툴툴 마녀는 고개를 휙 들어 천장을 쳐다보았어.

천장 모서리에 숨어 있던 늑대거미 한 마리가 빠르게 도망쳤어. 그 늑대거미에겐 자기 더듬이다리 한 쌍 이외에 길쭉하고 수상한 더듬이 하나가 더 있었어.

"어! 저건! 거기 서!"

툴툴 마녀는 얼굴이 새빨개져서 도망치는 거미를 쫓아갔어. 하지만 바퀴벌레보다 빠른 거미를 따라잡을 수는 없었어.

숨어서 책을 엿보던 늑대거미는 유명한 염탐꾼 거미였어. 다른 마법 세계에서 보낸 스파이였지. 백발 마녀가 쓴 《위험한 마법 책》엔 다른 마법 세계에서 알아내지 못한 마법이 많았거든.

툴툴 마녀가 허둥대는 사이 검은 마녀가 샤샤와 함께 툴툴 마녀를 찾아왔어.

"큰일 났어. 염탐꾼이 와서 《위험한 마법 책》의 내용을 스캔해 갔어!"

"뭐? 주위를 항상 조심하라고 마왕님이 그랬잖아!"

검은 마녀도 얼굴이 붉어지더니 툴툴 마녀를 데리고 백발 마녀의 서재로 뛰어갔지.

질문은 기억이 아닌 이해를 위한 것이다

질문 노트 chapter 10.

마인드맵을 이용한 질문

마인드맵을 풀어서 말하면 '생각 지도'라고 할 수 있어. 하나의 주제에 해당하는 내용을 지도처럼 펼쳐서 그리고 쓰는 기법을 말해.

툴툴 마녀가 보름달 마법을 공부할 때 보름달 마법에 대한 여러 내용을 가지치기해서 쓴 것처럼 하면 마인드맵이 되지.

만약 이순신 장군에 대해서 공부한다고 해 보자. 그러면 어떤 질문들이 필요할까? 그리고 질문에 따라 마인드맵을 그려 보면 어떤 모양이 될까?

- 이순신 장군의 가장 큰 업적은 무엇일까?
- 이순신 장군이 그 밖에 남긴 것은?
- 이순신 장군의 유명한 말은?
- 이순신 장군과 연관 있는 사람은 누가 있을까?

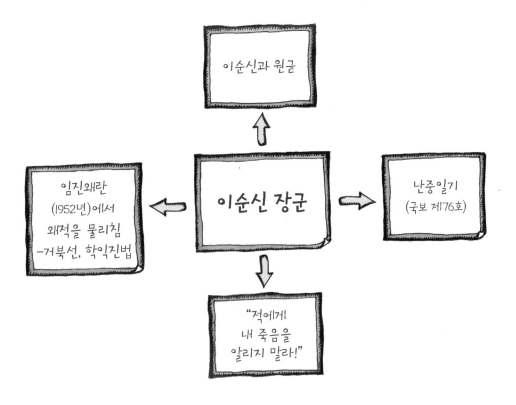

이순신 장군뿐 아니라 어떤 이야기에 대한 마인드맵을 만들어 볼 수도 있어. 큰 제목이 가운데 있으면 등장인물, 성격, 배경, 중요한 내용 등을 가지를 치듯 뻗어 나가며 정리하는 거야.

이때 스스로 질문을 하면서 마인드맵을 그려 본다면 내용을 이해하는 데 큰 도움이 될 거야. 또한 이해하면서 익힌 내용은 오래 기억할 수 있겠지!

II. 백발 마녀의 분노

백발 마녀는 툴툴 마녀가 하는 얘기를 듣고 놀라움을 감추지 못했어.

"우리 마법 세계에서 가장 조심해야 할 일이 뭐라고 생각하나, 툴툴 마녀?"

툴툴 마녀는 고개를 들지 못하고 떨리는 목소리로 대답했어.

"언제 올지 모르는 염탐꾼을 주의해야 하는 것입니다."

"그렇게 잘 알고 있는 마녀가 염탐꾼에게 당했단 말이냐!"

툴툴 마녀의 고개가 시든 꽃잎처럼 점점 더 아래로 내려갔어.

그때 검은 마녀가 말했어.

"그건 툴툴 마녀 탓이 아니에요."

백발 마녀가 호통을 쳤어.

"뭐? 툴툴 마녀 탓이 아니라고? 여긴 네가 끼어들 자리가 아닌 것 같은데!"

그래도 검은 마녀는 주저하지 않았어.

"마법 학교에 들어올 때부터 지금까지 염탐꾼을 주의하라고 배웠어요. 귀에 딱지가 앉을 만큼이요. 그런데도 툴툴 마녀가 주의하지 못했다면 왜 그런지 그 이유를 생각해 봐야 한다고 생각해요."

"이유는 중요하지 않아! 규칙을 어긴 것이 중요한 거다!"

"그럼 우리는 책을 읽을 때조차 집중하지 못하고 염탐꾼이 올까 봐 두리번거려야 하는 건가요?"

사실 마녀들이 염탐꾼을 주의하느라 집중력이 떨어진 것도 사실이었어. 백발 마녀도 이걸 알고는 있었지만 자신의 중요한 책이 노출되었다는 것에 더 화가 났지.

툴툴 마녀는 자기를 감싸고 도와주는 검은 마녀에게 감동해서 눈물이 날 지경이었어. 덕분에 땅바닥까지 내려가려던 고개가 점점 올라왔지.

툴툴 마녀가 용기 내어 물었어.

"스승님, 염탐꾼 거미를 없애 버릴 방법은 없는 건가요?"

"뱀, 개구리, 새, 말벌 같은 거미의 천적이

란 천적은 다 이용해 봤다. 하지만 염탐꾼이란 녀석이 하도 빨라서 잡는 데 번번이 실패했지."

툴툴 마녀는 한참 동안 생각하다가 엉뚱한 생각이 나서 백발 마녀에게 물었어.

"그러면 거미줄을 이용하는 건 어떻게 생각하세요?"

"거미에게 거미줄이라……?"

"네. 거미도 자기가 다니는 길이 아닌 다른 거미줄에 걸리면 꼼짝없이 못 움직이는 신세가 되잖아요. 염탐꾼이 다니는 길목마다 끈적한 거미줄을 쳐놓는 거예요!"

검은 마녀가 툴툴 마녀를 쳐다봤어. 자기가 도와주긴 했지만 툴툴 마녀의 엉뚱한 질문과 답이 마음에 들었기 때문이야.

백발 마녀가 물었어.

"마법 세계의 길마다 거미줄을 친다면 거미가 많이 필요할 텐데, 그렇게 많은 거미를 갑자기 어떻게 구하지?"

툴툴 마녀는 지난번 마왕의 방에서 보았던 거미들이 생각났어.

"저에게 생각이 있어요. 제가 실수한 일이니까 저에게 맡겨 주세요."

백발 마녀가 어금니를 꼭 깨물며 말했어.

"좋아. 하지만 일을 더 크게 만들면 그때야말로 용서하지 않을 거야."

"네……."

툴툴 마녀가 서재를 나오고 그 뒤를 검은 마녀와 샤샤가 뒤따랐어.

"야, 툴툴 마녀. 이제 더 이상 내 도움은 필요 없겠는데?"

검은 마녀가 히죽거렸어.

"역시 우리 툴툴 마녀님이라니까요!"

샤샤가 총총거리며 툴툴 마녀를 부추겼어.

"샤샤, 그래도 우리 계산은 아직 끝나지 않은 거 알지?"

검은 마녀가 샤샤에게 속삭였지.

"그게 무슨 말이야?"

검은 마녀와 샤샤 사이에 이상한 점이 있다고 생각했던 툴툴 마녀는 미심쩍게 샤샤를 쳐다보았어.

"계산이라니? 샤샤, 그게 무슨 얘기야?"

"툴툴 마녀님, 지금은 그런 걸 생각할 때가 아니라고요. 염탐꾼을 잡는 게 급하잖아요."

사실 툴툴 마녀도 마음의 여유가 없었어.

일단 궁금한 것은 뒤로하고 툴툴 마녀는 그 길로 마왕을 찾아갔어.

엉뚱한 질문을 통해 새로운 것 발견하기

질문은 꼭 진지해야 한다고 생각해? 세상에는 엉뚱한 질문을 하면서 새로운 것을 발견하거나 창조해 낸 사람이 많단다.

양을 치는 조셉이라는 소년이 있었어. 소년은 양을 몰다가 장미 넝쿨 울타리로는 양들이 도망가지 못한다는 사실을 발견했지. 그러면서 엉뚱한 질문을 해 본 거야.

'장미 넝쿨보다 단단한 울타리는 없을까?'

그 질문에서 시작해 발명하게 된 것이 가시철조망이야. 가시철조망이 만들어진 후 미국 서부 지역의 개방형 목장이 가시철조망을 이용해 울타리를 만든 목장들로 바뀌었어.

엉뚱한 질문은 창의적 사고로 이어지고, 창의적 사고는 다른 사람들과 다른 결과를 이끌어 낼 수 있어.

창의적 사고를 가르치는 에드워드 드 보노 박사는 사람들이 생각하는 유형을 크게 두 가지로 나누었어.

수직적 사고	수평적 사고
이미 알고 있는 것을 토대로 깊이 생각하는 것! 누군가 파놓은 굴에서 금을 캐는 것과 같다.	다른 것들을 생각해 보는 것! 장소를 가리지 않고 여기저기 다른 굴을 파는 것과 같다.
예) - '이사는 힘들어.' (누구나 하는 생각) ➡ 주위의 도움을 받는다.	예) - '이사는 힘들지 않아.' (다른 사람들과 반대로 생각함) ➡ 포장 이사의 탄생

하나의 사실이나 문제를 생각할 때, 원래 있던 상식과는 다른 수평적 사고를 해 보고, 하나의 대상이 정해지면 그때 수직적 사고를 하면서 한발 더 나아가는 거야.

12. 마왕의 테스트

마왕의 방은 여전히 거미줄로 넘쳐 났어.

툴툴 마녀가 방에 들어섰을 때 숲을 헤치듯 거미줄을 헤치고 안으로 들어가야 했지.

'마왕님은 모든 걸 이미 알고 계실 거야.'

툴툴 마녀가 속으로 생각했어.

마왕은 마법 세계에서 일어나는 일이라면 눈으로 보지 않고도 다 알고 있었거든. 하지만 마왕은 염탐꾼에 대한 얘기를 모른 척 했어.

툴툴 마녀가 용기를 내어 물었어.

"마왕님, 저에게 거미를 빌려 주실 수 있나요?"

"거미가 왜 필요한데?"

"제가 또 큰 실수를 저질렀어요. 염탐꾼 거미에게《위험한 마법책》을 스캔 당했거든요.

"흠……, 백발 마녀가 많이 화가 났겠군. 우리 마법 세계에 위험이 닥칠 수도 있고…….”

마왕의 말에 툴툴 마녀는 주눅이 들었어.

"그래서 말인데요. 거미를 빌려 주시면 염탐꾼을 꼭 잡고 말 거예요.”

마왕은 고개를 저었어. 마왕의 거미들은 이미 마왕에게 길들여져서 다른 마녀의 말은 듣지 않는다는 거였어.

툴툴 마녀는 온몸에 힘이 빠졌어. 도무지 어찌해야 할지 아무생각도 떠오르지 않았어.

"한 가지 방법이 있긴 하다.”

"그게 뭔데요?”

"내 거미들을 네가 길들여보는 것이다.”

툴툴 마녀는 말문이 막혔어. 마왕의 말이 말도 안 된다고 생각했기 때문이야.

"곰곰이 생각해 보거라.”

마왕은 방을 나갔고, 툴툴 마녀는 온 방 안에 가득 차 있는 거미를 보면서 스스로 묻고 대답해 보았어.

"어떻게 하면 거미들을 내가 길들일 수 있을까?”

"거미가 좋아하는 걸 해 주고 싫어하는 걸 없애 주면 되지.”

툴툴 마녀는 무언가 문제의 실마리가 잡히는 것 같았어. 그래서 휘파람을 불어 샤샤를 불렀어.

"샤샤, 부탁이 있어. 실험실에서 내 이름이 적힌 빨간 유리병을 가져다줄 수 있겠어?"

샤샤는 털에 엉겨 붙은 거미줄을 떼어 내며 물었어.

"그건 왜요?"

"글쎄, 일단 가져와 봐."

샤샤는 얼른 마녀 실험실로 달려가 빨간 유리병을 가지고 왔어. 그건 해충을 불러들이는 마법의 향기가 담긴 유리병이었어.

툴툴 마녀는 방에 있는 창문을 활짝 열었어. 그러고는 유리병 병마개를 조금씩 열었어. 달착지근하면서 약간 상한 과일의 향기가 퍼지기 시작했지.

시간이 조금 지나자 맛있고 통통한 해충들이 마왕의 방으로 모여들기 시작했어. 뭣도 모르고 모여든 해충들이 거미줄에 걸려들었어. 거미들이 또로록 다가와 걸려든 해충에 거미줄을 감기 시작했어. 순식간에 거미들의 잔치가 시작된 거야.

여기서 끝이 아니었어. 거미가 맛있게 식사를 하는 동안 툴툴 마녀는 거미가 싫어하는 천적이 있는지 두루두루 살펴보았어.

한참 후 식사를 마친 거미들이 툴툴 마녀 주위로 모여들었어. 그러고는 거미줄로 툴툴 마녀의 몸을 휘감기 시작했지.

이건 말이야, 거미들이 툴툴 마녀를 받아들이기 시작했다는 표

시거든. 툴툴 마녀는 스스로 해낸 것에 가슴이 벅차올라 숨도 못
쉴 지경이었어.

문밖에 숨어서 툴툴 마녀를 지켜보던 마왕의 입꼬리도 슬쩍 올
라가 있었지.

어떤 문제가 풀리지
않을 땐 스스로 질문하고
답을 찾아봐!

스스로 질문하고 답하기

셀프 티칭(Self-Teaching)이란 스스로 묻고 대답하면서 공부하는 방법이야. 앞서 얘기했던 자문자답보다 적극적인 방법이라고 할 수 있어. 우선 두 사람의 '나'가 필요해.

나 ⇄	가상의 나
$\frac{1}{2}$이 $\frac{1}{3}$보다 왜 큰 수일까?	빵을 둘로 나누어 하나를 가졌을 때 $\frac{1}{2}$이고, 셋으로 나누어 하나를 가졌을 때 $\frac{1}{3}$이 돼. 그렇다면 빵을 둘로 나누어 그중 하나를 가진 것과 셋으로 나누어 하나를 가진 것 중에 어느 빵이 더 클까?
그렇구나. 그럼 $\frac{1}{2}$과 $\frac{1}{3}$을 합하면 어떤 수가 나올까?	분수를 합하려면 분모를 같게 만들어야 하지? 그러므로 2와 3을 곱한 6을 분모로 하면 $\frac{1}{2}$은 $\frac{3}{6}$으로, $\frac{1}{3}$은 $\frac{2}{6}$로 만들 수 있으니까, $\frac{3}{6}+\frac{2}{6}=\frac{5}{6}$가 되는 거야.

'나'와 '가상의 나' 두 사람이 서로 질문하며 대화로 문제를 풀어 나가는 거지. 스스로 만든 호기심은 동기부여가 되고, 질문에 대한 답을 찾다 보면 문제의 답을 자연스럽게 찾아낼 수 있어.

13.검은 마녀와 싸우다

툴툴 마녀는 마왕의 거미들에게 부탁했어.

"밖으로 나와서 마법 세계 곳곳에 거미줄을 쳐 주지 않겠니?"

툴툴 마녀는 염탐꾼이 분명 다시 올 거라고 생각했어.

《위험한 마법 책》의 딱 절반만 보고 갔으니까, 남은 분량의 내용을 알기 위해 분명 다시 올 거야. 그리고 왕뿅 마녀는 성격이 엄청 급하거든. 분명 바로 보름달 마법을 해 보려고 할 거야. 보름달이 뜨려면 나흘밖에 남지 않았으니까.

마법 세계의 곳곳에 거미줄이 쳐지기 시작했어.

그런데 아주 난처한 일이 생겼어. 다 알다시피 마녀들은 애완용으로 거미를 많이 키우거든. 그 애완용 거미들이 거미줄에 걸려 마왕의 거미들에게 먹혀버린 거야. 그중에는 검은 마녀의 애완 거미도 있었어.

검은 마녀는 불같이 화가 나서 툴툴 마녀에게 달려와 소리를 질렀어.

"우리 마녀들의 애완 거미까지 다 없앨 작정이야?"

그동안 툴툴 마녀에게 잘해 주었던 얼굴은 온데간데없었어.

"나흘만 참아 줘."

"나흘이라고? 난 단 하루도 못 참겠어! 아마 다른 마녀들도 그럴걸?"

"염탐꾼을 잡을 방법은 이것밖에 없단 말이야."

툴툴 마녀가 울상을 지었어.

"왜 너 때문에 우리가 피해를 봐야 하는데? 마녀들 중에는 아

주 중요한 거미 실험을 앞둔 마녀도 있다고!"

검은 마녀의 화는 더 불같아졌어.

툴툴 마녀는 검은 마녀가 서운했어. 백발 마녀가 화를 낼 때도 편을 들어줬으면서, 이제 와서 딴소리하는 것 같았지.

"지난번 백발 마녀 서재에서 내가 마왕의 거미를 이용한다고 했을 때 칭찬해 준 게 누군데 그래? 내가 혼자서 일을 해결하려고 하니까 그새 얄미워진 거야?"

툴툴 마녀도 화가 나서 소리를 질렀어.

"뭐라고? 너는 정말 구제불능이야!"

검은 마녀는 홱 돌아서서 가 버렸어.

검은 마녀 덕분에 다른 마녀들과 사이도 좋아졌고, 다른 마녀들이 툴툴 마녀의 생각처럼 자신을 싫어하지 않는다는 것도 알았어. 하지만 끝까지 자기편이 되어 주지 않은 검은 마녀도 이해할 수 없었지.

"그렇게 화를 내면 어떡해요? 검은 마녀님이 툴툴 마녀님을 얼마나 생각해 주는지 알면서."

샤샤가 툴툴 마녀를 나무랐어.

"뭐가 잘못된 건지 모르겠어. 난 그저 잘하려고 했을 뿐이란 말이야."

툴툴 마녀는 다시 거미들을 불러 모았어. 그리고 거미들 속에서 생각에 잠겼어.

'왜 검은 마녀는 나를 도와줬다 싫어했다 하는 거지?'

'처음부터 나를 싫어했으니까. 그리고 제1마법도 나에게 뺏겼으니까.'

'그렇게 나를 싫어하는데 도와줄 리가 없잖아?'

'그럼 내가 뭘 잘못한 걸까?'

'백발 마녀에게 솔직하게 말하고, 마왕에게 거미를 빌려달라고 한 것까지는 좋았어. 그리고 거미들을 길들이는 데도 성공했지. 그다음에 뭘 잘못한 거지?'

툴툴 마녀는 끊임없이 자신에게 물었어.

그러자 하나씩 답이 나오기 시작했어.

그건 바로 염탐꾼을 잡겠다는 생각에 주변의 마녀들을 배려하지 못한 거야. 미리 마녀들에게 자신의 계획을 말해야 했어. 마법 학교의 제일 꼭대기에서 모든 마녀가 잘 들을 수 있게 주의를 시켰어야 했어. 앞으로 나흘 동안 애완 거미를 잘 보호하라고 말이야. 그러면서 만약 다른 마녀의 실수 때문에 샤샤가 없어졌다면 어땠을까라는 생각까지 하니 정말 끔찍했어.

검은 마녀가 화를 내는 것도 당연하다는 생각이 들었지.

"샤샤, 검은 마녀에게 사과해야겠어. 다른 마녀들에게도."

툴툴 마녀는 다시 마왕의 거미를 마법 세계에 풀어놓기 전에 수습을 하려고 일어섰어.

친구와 잘 지내기 위한 질문

친구와 싸워서 서로 토라지거나, 말을 안 하거나, 우정에 금이 간 적이 있을 거야. 가장 친한 친구일수록 싸움도 잦지. 사소한 오해로 싸울 수도 있고, 작은 말실수로 싸울 수도 있어.

하지만 싸움 속에는 늘 '왜?'가 숨어 있어. 내가 친구 때문에 화난 것만 생각한다면 '왜?'를 절대 알 수 없지. '나는 왜 화가 났을까?', '친구는 왜 화가 났을까?'를 동시에 생각하고, 친구의 입장에서도 생각해 보는 거야. 툴툴 마녀처럼 말이야.

〈친구와 싸웠을 때 하는 질문〉

1단계	나는 왜 화가 났을까?	친구와 싸운 이유에 대해서 생각하고 내가 친구의 어떤 점에 화가 났는지 생각해 본다.
2단계	내 친구는 왜 화가 났을까?	친구는 왜 나한테 화를 냈을지 생각해 본다.
3단계	내가 친구였다면 어땠을까?	내가 친구였다면 내가 화낸 것을 듣고 어땠을까? 나와 친구의 입장을 바꾸어 생각해 본다.
4단계	어떤 말로 화해할까?	화해할 때는 자신의 잘못을 인정하고, 친구의 잘못에 대해서도 웃으며 알려 주면 근사하게 화해할 수 있다.

14. 나는 필요한 마녀일까?

툴툴 마녀가 다른 마녀들 앞에 나섰을 때 마녀들의 분위기가 심상치 않았어. 특히 애완 거미를 잃은 마녀들의 눈총은 가을 햇살보다 더 따가웠어.

툴툴 마녀는 마녀들에게 기어 들어가는 목소리로 사과를 했어. 그리고 나흘 동안 염탐꾼을 잡을 계획이니 애완 거미를 잘 간수해 달라고 부탁했지. 마녀들의 시선은 여전히 싸늘하기만 했어. 마녀들이 돌아간 후 툴툴 마녀는 다시 혼자가 된 기분이었지.

카타리나 얼음 마법을 실수한 이후 마녀들의 시선도 무섭고, 자신감도 떨어졌었어. 검은 마녀의 도움으로 자신감을 조금씩 찾아갔고, 염탐꾼도 찾아내 없앨 수 있을 거라 믿었어. 모든 게 잘 되어 간다고 생각했는데, 다시 큰 실수를 저지르고 만 거야.

'나는 왜 이렇게 실수투성이일까?'

툴툴 마녀가 머리를 붙잡고 흔들었어. 이제 정말로 왕따가 된 것 같았어.

"나는 제1마법을 전수받을 자격이 없어. 정말 한심한 마녀야! 어린 마녀들이 내가 가르치는 수업을 들으려고 하지 않을 거야!"

툴툴 마녀가 엉엉 울었어. 마왕도, 백발 마녀도, 샤샤까지도 자신을 미워할 거라고 생각했지.

검은 마녀가 다가왔어.

"겨우 이거였어? 툴툴 마녀가 이것밖에 안 되는 마녀였냐고? 제1마법이 아깝다, 아까워!"

"나도 그렇게 생각하고 있으니까 저리 좀 가 줄래?"

툴툴 마녀는 괜히 검은 마녀에게 화를 냈어.

"툴툴거리는 건 여전하구나. 내 귀한 질문 노트까지 보여줬는데 하나도 효과가 없잖아."

"날 도와준 생색을 내려는 거야? 나도 내가 못난 거 안다고!"

툴툴 마녀는 구덩이 깊숙이 빠져버린 것 같았어. 염탐꾼이고 뭐고 하나도 해결할 수 없을 것만 같았지.

검은 마녀가 말했어.

"이게 너한테 주는 마지막 노트야."

검은 마녀는 툴툴 마녀에게 노트를 휙 던지더니 어디론가 가 버렸어.

노트에 적힌 내용은 이랬어.

절망을 이길 수 있을까?
내가 지금 절망스러운 건 나 자신이 너무 못나 보여서다.
변하고 싶은데, 어떻게 변해야 할까?
구체적인 대상이 필요하다.
그러면 내가 존경하는 마녀는 누구인가?

백발 마녀 내가 갖고 있지 않은 뛰어난 머리를
갖고 있으니까.

초록 마녀 시든 나뭇잎을 싱싱한 초록 잎으로
만들 수 있으니까.

화살 마녀 재치가 있고 빠르니까.
:

툴툴 마녀 툴툴대긴 하지만 마음이 따뜻하니까.
그 어려운 제1마법 전수자가 되었으니까.
:

툴툴 마녀는 자기 이름이 적힌 대목에서 눈을 비비고 다시 읽어 보았어.

자신의 이름이 분명했지.

'검은 마녀가 나를 존경한다고?'

마음이 이상했어. 온몸에 찌릿찌릿 전기가 오는 것 같고, 가슴속에 단단하게 뭉쳐 있던 덩어리가 스펀지처럼 말랑말랑해지는 것도 같았어.

툴툴 마녀는 점점 자기 생각이 틀렸다는 걸 깨달았어.

이제 정말 왕따라고 생각했는데, 툴툴 마녀의 좋은 점을 높이 생각하는 마녀들도 있었다는 거잖아.

툴툴 마녀는 검은 마녀가 주고 간 노트를 보며 검은 마녀가 쓴 것처럼 적어 보았어.

'내가 존경하는 마녀는 누구지? 왜 존경하지?'

그렇게 스스로 묻고 답하다 보니, 앞으로 그들을 본받기 위해서 어떻게 해야 할지 알 것 같았어.

질문을 통해 절망을 이길 수 있다

질문 노트 chapter 14.
지금 존경하는 사람은 누구인가?

누구에게나 아킬레스건이 있어. 아킬레스건이란 가장 약한 부분, 즉 치명적인 약점이란 뜻이야. 이걸 누군가 건드리거나 다른 사람에게 탄로가 났을 때 우린 스스로 절망을 하곤 해.

누구는 남보다 뚱뚱한 게 약점일 수 있고, 누구는 키가 작은 게 약점일 수도 있지. 또 누구는 공부를 잘 못하는 게, 누구는 운동을 못하는 게, 또는 얼굴이 못생긴 게 약점일 수도 있어.

그런데 말이야. 약점은 어떤 한 사람에게만 있는 게 아니야. 사실은 모든 사람이 약점을 가지고 있거든. 그걸 어떻게 이겨내는지가 중요한 거야.

약점이 있어도 절망하지 않고 당당해지는 것이 무엇보다 중요해. '난 왜 이럴까?'보다 '내가 어떻게 해야 할까?'를 생각해 보는 거야. 어떻게 해야 할지 구체적인 계획이 떠오르지 않으면 툴툴마녀처럼 존경하는 열 사람을 떠올려 봐. 그 사람들은 뛰어난 업적을 이룬 위인일 수도 있고, 우리 가족일 수도 있고, 그리고 친한 친구일 수도 있지.

자, 그럼 내가 무엇 때문에 고민하고 절망스러운 기분인지 툴툴 마녀처럼 자신에게 물어볼까? 그리고 내가 존경하는 사람을 떠올려 보면서 나를 어떻게 변화시킬 수 있는지 생각해 봐.

내 약점은 무엇일까? 언제 그것 때문에 절망스러울까?

1
2
3
4

내가 존경하는 사람

1
2
3
4
5
6
7
8
9
10

나를 어떻게 변화시켜야 할까?

_____

_____

_____

_____

_____

_____

시간이 지나면 나는 어떤 사람이 되어 있을까?

_____

_____

_____

_____

_____

_____

15. 염탐꾼 이야기

염탐꾼이 되어 이웃 마법 세계를 염탐한 지도 수년째다. 왕뿡 마녀가 나에게 오래 사는 마법을 걸어 준 대가로 나는 염탐꾼이 되었다.

본래 난 왕뿡 마녀의 애완 거미였다. 마녀의 옆에 있으면서 위대한 마녀의 애완 거미가 된 것이 기뻤다. 여러 파로 나뉜 마법 세계에서도 왕뿡 마녀는 위대한 마녀였다.

우리 마법 세계에서 가장 큰 마법 봉을 가진 왕뿡 마녀는 마법 봉만큼이나 실력도 좋다. 사실 왕뿡 마녀의 원래 이름은 '왕봉 마녀'인데, 방귀 소리가 무지막지해서 새로운 이름이 붙여진 것이다. 방귀 소리가 아무리 커도 나는 위대한 왕뿡 마녀 곁을 지키는 게 좋았다.

우리 거미들은 1~2년 만에 대부분 일생을 다한다. 그러나 나는 왕뿡 마녀의 옆에 오래 있으면서 세상을 더 누리고 싶었다. 거미보다 더 진화한 생명체가 되어 인생을 즐기고 싶었다. 그래서 왕뿡 마녀가 제안한 기회를 택한 것이다.

　그렇지만 왕뿡 마녀의 욕심이 이렇게 끝이 없을지는 몰랐다. 아니, 날이 갈수록 커져 갔다.

　자기가 갖지 못한 것은 꼭 가져야 직성이 풀렸다.

　며칠 전에는 제1마법을 전수받았다는 툴툴 마녀를 염탐하러 갔었다. 원래 목적은 제1마법을 훔쳐 보는 계획이었다. 언제나, 어디에서나 툴툴거린다는 툴툴 마녀도 궁금하긴 했다.

　염탐한 지 둘째 날까지 아무 소득이 없어 난 마음이 급해졌다. 그러다 툴툴 마녀가 《위험한 마법 책》을 보고 있는 걸 발견했다. 그 책은 왕뿡 마녀의 경쟁자인 백발 마녀가 쓴 책이다.

　'왕뿡 마녀님도 이 책을 스캔해 가면 좋아하실 거야!'

　난 확신에 찼다. 툴툴 마녀가 책장을 넘길 때마다 여덟 개의 눈으로 사진을 찍듯 스캔을 했다. 하지만 툴툴 마녀가 책장을 넘기는 속도가 너무 느려서 책을 모두 스캔할 수는 없었다.

　왕뿡 마녀는 내가 스캔해 간 《위험한 마법 책》을 보자 안달을 내기 시작했다.

　"처음부터 끝까지 모두 보고 싶어! 이건 정말 강력한 마법이라니까!"

"빨리 갔다 와. 보름까지 시간이 얼마 안 남았어!"

내가 아무리 애완 거미라지만 나도 내 할 일이 있는 거미다. 보름은 달마다 오고, 이번 달이 아니면 다음 달을 기다려도 되건만, 왕뿡 마녀는 나를 몰아세웠다.

"내 말을 듣지 않으면 오래 사는 마법도, 내 애완 거미의 자리도 사라지게 될 거야! 당장 다녀와!"

정말 스트레스 받는다. 잘 지내고 싶은데, 때때로 왕뿡 마녀에게 받는 스트레스와 불만을 어떻게 풀어야 할지 정말 모르겠다.

내 할 일을 미뤄 두고 머리와 마음속에 짜증과 화가 잔뜩 쌓인 채 다시 툴툴 마녀가 사는 마법 세계로 갔다. 무조건 빨리 갔다 와야지 하는 생각밖에 없었다.

그런데 어처구니없게도 난 거미줄에 걸려 버렸다. 사방에 퍼져

있는 거미줄을 미처 보지 못한 것이다.

거미들은 자기가 친 거미줄 안에서는 잘 돌아다닐 수 있지만 남이 친 거미줄에선 항상 조심해야 한다. 어떤 줄이 끈끈이 줄인지 쉽게 알 수 없기 때문이다.

오래 살게 된 것도, 내 꿈도 이렇게 허무하게 끝이 날 줄이야…….

툴툴 마녀는 과연 제1마법을 전수받은 마녀다웠다. 이런 방법으로 날 없앨 계획을 세웠을 줄은 꿈에도 몰랐다.

거미줄에 걸린 나를 발견한 툴툴 마녀가 다가왔다.

"남의 것을 염탐하는 게 얼마나 나쁜 건지 몰라?"

나도 안다. 그러나 내가 살기 위해서는 어쩔 수 없는 일이었다.

나는 염탐꾼이 된 사정에 대해 툴툴 마녀에게 말했다. 어차피 염탐꾼 노릇은 이제 그만하고 싶었다.

"흠……, 너도 불쌍한 거미로구나."

"하지만 왕뿡 마녀를 배신하고 싶지는 않아."

툴툴 마녀는 나에게 기회를 주었다. 내가 스캔해 갔던 《위험한 마법 책》의 일부를 다시 가져오면 날 살려주겠다고 했다. 그리고 하루 동안 시간을 주었다.

나는 당장 해야 할 일이 있다. 왕뿡 마녀가 시킨 일도 있다. 그러나 지금은 그 어떤 것도 할 수 없다.

'무엇을 어떻게 해야 하는 거지?'

스트레스와 불만을 없애 주는 질문

질문 노트 chapter 15.
해야 할 일의 시간을 정한다.

일상생활에서 누구나 스트레스와 불만은 있기 마련이야. 공부, 게임, 숙제 등에 대한 스트레스는 스스로 질문하고 계획을 세우면 쉽게 해결할 수 있어.

엄마는 나와 가장 가까운 사이지만, 나에게 스트레스와 불만을 주는 사람이기도 해. '공부해라, 숙제해라, 컴퓨터 게임 좀 그만해라, 편식하지 마라……' 엄마의 잔소리는 언제쯤 끝이 날까? 잔소리는 듣는 사람도 스트레스지만, 하는 사람도 스트레스를 받지. 생활 속 스트레스를 어떤 질문으로 해결할 수 있을까?

1. 우선 해야 할 일의 목록과 언제 할 것인가를 정하는 거야.

이건 엄마와 함께 정해야 해. 계획을 세워 할 일을 하면 엄마도 나를 믿어 주고 잔소리도 줄어들겠지.

2. 계획을 세웠다면 이것을 다이어리에 정리해 봐.

여기에서는 할 일의 목록과 시간을 정한 후, 계획한 시간이 올 때까지는 다음 할 일에 대해 걱정을 하지 않는 게 중요해. 그리고 그 시간에 해야 할 일을 하면 되는 거야.

이렇게 '언제 할 것인지'를 정하면 스트레스가 없어지는 걸 느낄
수 있을 거야. 어떤 새로운 일을 하려고 할 때도 '언제'를 생각하
여 계획하면 구체적으로 행동할 수 있게 돼.

	해야 할 일	언제 할까?
1	학교 숙제	
2	게임	
3	머리 감기	
4	방 정리하기	

3. 고마운 것에 대해 묻기

가족 간에 스트레스가 쌓일 때는 꼭 한번 생각해 볼 것이 있어.
그건 고마운 것에 대해 묻는 일이야. 누구나 행복해지길 원하지
만 바로 옆에 행복이 있다는 걸 알아차리지 못할 때가 많거든.

질문	내가 이미 가지고 있고, 감사해야 할 것은 무엇일까?
답	- 나는 엄마가 있다. 엄마는 맛있는 것도 해 주시고 놀이 공원에도 데려간다. - 나는 게임기가 있다. 게임기를 사 주신 부모님께 감사하며 정한 시간에만 가지고 논다.

이렇게 감사해야 할 것들을 묻고 적어 보면 그동안 불만스러웠
던 일들이 긍정적으로 다가올 거야. 또 감사한 것에 대하여 알게
된다면 스트레스도 줄일 수 있어.

16.툴툴 마녀와
검은 마녀의 첫 수업

염탐꾼은 왕뿡 마녀에게 돌아가는 날을 보름 다음 날로 잡았어. 왕뿡 마녀에게 실패를 선언한 후 더 이상 염탐꾼 노릇은 하지 않겠다고 말했지. 염탐꾼은 결국 완전히 쫓겨났어.

염탐꾼은 쫓겨나기 전에 먼저 스캔했던 《위험한 마법 책》의 일부를 챙겼어. 그리고 툴툴 마녀가 사는 마법 세계로 와서 오래 사는 대신 마법 도서관의 야간 정찰대가 되었어. 수상한 움직임도 살피고, 밤 동안 읽고 싶었던 책도 마음껏 읽었어.

염탐꾼 사건에 대해 마왕은 툴툴 마녀를 칭찬했어. 염탐꾼을 없애지 않고 좋은 방향으로 이끌었으니까. 툴툴 마녀는 완전히 자신감을 되찾았지.

마왕이 툴툴 마녀를 다시 불렀어.

"너는 제1마법을 전수받은 마녀이니 오늘부터 너보다 어린 마녀들을 가르쳐라."

"네? 벌써요? 저는 아직 준비가……."

툴툴 마녀가 한숨을 내쉬며 툴툴거렸어.

"언제까지 툴툴대기만 할 거냐? 네가 그러는 사이에 다른 마녀들이 네 자리를 노리고 있다는 걸 명심해!"

결국 툴툴 마녀는 어린 마녀들 앞에 섰어. 어린 마녀들의 똘망똘망한 눈을 보니 가슴이 쪼그라드는 것 같았어.

툴툴 마녀가 입을 열었어.

"빗자루 타는 법은 다 배웠니?"

"네!"

어린 마녀들의 대답이 우렁찼어.

"그럼 정원 가꾸는 법을 가르쳐 줄게."

툴툴 마녀는 마녀들의 정원에 자기 정원을 갖는 법과 꽃을 심는 법 등을 설명했어. 그러면서 마법에 필요한 꽃들에 대해서도 이야기했지.

설명을 하는데 시간이 갈수록 어린 마녀들은 집중하지 못했어. 게다가 고개를 숙이며 울상을 짓는 마녀까지 있었어.

'왜 그러지?'

반응이 안 좋을수록 툴툴 마녀도 힘이 빠졌어. 수업이 끝나자 어린 마녀들은 우르르 다른 교실로 이동했어.

툴툴 마녀는 빈 교실에서 멍하니 서 있다가 밖으로 나갔어. 복도를 따라 다른 수업이 시작된 교실에 이르렀는데 뜻밖에 검은 마녀가 어린 마녀들을 가르치고 있었어. 마녀 요리와 애완동물에 대한 수업 같았어. 툴툴 마녀는 문밖에서 검은 마녀가 어떻게 수업을 하는지 지켜보았어. 그런데 어린 마녀들이 검은 마녀에게 끊임없이 질문을 하는 거야.

"애완동물로 염소를 기르면 파리가 꼬이지 않나요?"

"개구리는 어떤 마법에 효과적인가요?"

"마녀 쿠키는 다 맛이 좋은가요?"

"지렁이 수프를 끓이는데 냄비 안에 굼벵이가 있었다면 수프를 버려야 하나요?"

어린 마녀들의 얼굴이 호기심으로 가득했고, 툴툴 마녀가 보기에 수업이 아주 재미나 보였어. 오죽하면 툴툴 마녀도 교실에 들어가 함께 수업을 듣고 싶었을까.

수업을 마치는 종소리가 나자 어린 마녀들이 교실에서 우르르 몰려나왔어.

툴툴 마녀는 검은 마녀가 있는 교실로 천천히 들어갔어.

"검은 마녀! 언제부터 수업을 시작한 거야?"

"오늘이 첫 수업이야. 너에게 내 질문 노트를 보여준 걸 샤샤고 녀석이 마왕님께 얘기했잖아. 너처럼 제1마법을 전수받진 못했지만 마왕님 특별 지시가 있었지."

툴툴 마녀는 우물쭈물했어. 수업을 어떻게 했기에 어린 마녀들이 그렇게 즐거워하느냐고 물어보고 싶었거든.

"툴툴 마녀, 네 수업이 얼마나 지루한지 알아?"

툴툴 마녀는 갑자기 얼굴이 빨개졌어. 검은 마녀도 알고 있었다니 너무너무 창피했어.

"질문 노트는 말이야. 너에게도 필요하지만 어린 마녀들한테도 필요하다는 걸 정말 몰랐던 거야?"

검은 마녀의 수업은 이랬어. 먼저 배울 내용에 대해 알려 준 다음, 가장 궁금한 것이 무엇인지 질문하게 하고 답하는 식이었어.

"그리고 말이야, 네 수업 시간에 고개 숙이고 있던 어린 마녀 있잖아. 왜 그런지 알아?"

툴툴 마녀는 고개를 저었어.

"아직 빗자루 타는 법을 못 익혀서야. 대부분이 '네' 한다고 해서 그게 모두의 소리라고 생각하면 곤란해."

툴툴 마녀는 검은 마녀 말이 끝나자마자 교실을 뛰쳐나왔어.

'쳇, 뭐야? 검은 마녀, 두고 봐. 나도 너처럼 잘할 거니까!'

툴툴 마녀는 자기의 첫 수업이 너무 모자랐다는 걸 느끼며 주먹을 불끈 쥐었어.

그러면서 내일 수업할 것에 대해 생각했어. 내일은 '순간 이동 마법'에 대해 공부할 거야. 일단 책을 읽어 오라고 숙제는 내 주었는데 내용만 가르치면 또 재미없는 수업이 될 것 같았어.

"그래!"

툴툴 마녀는 검은 마녀가 했던 수업 노하우를 떠올리며 찬찬히 정리를 해 봤어.

첫째, 어린 마녀들이 순간 이동시키고 싶은 물건을 말하게 하는 거야. 그 이유에 대해서도.

둘째, 그다음 어떻게 순간 이동을 시킬지 생각하게 하지. 마법 지팡이를 이용할지, 손가락 끝을 사용할지, 다른 마법을 쓸지를 말이야.

셋째, 여러 가지 방법을 두루 해 본 후 성공과 실패에 대해 이야기를 나누고.

넷째, 마지막으로 책에 있는 내용과 어린 마녀들이 생각했던 것을 비교하면서 올바른 방법을 가르쳐 주는 거지. 그러면 어린 마녀들이 분명 재밌어하겠지?

질문하는 습관

배우고 익히는 '학습'은 이런 형태로 이루어져 있어.

호기심 —————— **질문** —————— **배움**

비 온다!

그런데 비는 왜 내리는 걸까?

선생님, 비는 왜 내리는 거예요?

그건 물이 증발해서 구름이 되고, 구름이 무거워지면 비가 내리는 거야.

그런데 호기심으로부터 시작하는 배움은 반드시 스스로 주체적이어야 해.

예를 들어 '반장'과 '반의 일원'인 아이들이 있다고 가정해 보자. 아이들이 떠들 때 반장은 '어떻게 하면 아이들을 떠들지 않게 할까?'라고 생각해. 그러면서 그것에 대한 대안을 마련하지. 이름을 적는다든가, 떠들지 말라고 큰 소리로 말해.

그에 반해 '반의 일원'인 아이들은 다른 친구들이 떠들어 시끄러워도 그냥 넘기곤 하지. 또 청소 구역을 정하는 것도 '반장'은 구역에 맞추어 어떻게 청소를 해야 하는지 생각해. 그에 반해 '반의 일원'은 반장이 시키는 대로 따르는 거지.

누가 더 책임감도 있고 신이 날까? 바로 '반장'이야. 스스로 맡아서 하는 일은 책임감도 느끼고 신도 나지만 누가 시켜서 하는 일은 지루하고 하기도 귀찮기 마련이야.

공부도 똑같아. 공부를 잘하는 아이는 자기 스스로 계획하고 실천하지만, 공부를 잘 못하는 아이는 공부하는 시간이 괴롭기만 해. 이건 스스로 학습의 주체가 되지 못했기 때문이야.

그런데 뭐든 주체가 되려면 연습과 습관이 필요해. 스스로 내 생활의 주체가 되고 습관을 내 것으로 만드는 연습을 해 볼 차례야. 아침에 일어나서 밤에 잠들기까지 끊임없이 질문하는 습관을 가져 봐. 질문에 답을 찾아가다 보면 좀 더 적극적으로 생활할 수 있어.

〈'왜?'와 '어떻게?'를 이용한 질문〉

1. 학교에 왜 가지? (학교에 가기 위해 나설 때)

2. 이 단원을 왜 배우는 걸까? (수업 시간에)

3. 나는 왜 가기 싫은 수학 학원에 가고 있을까? (방과 후)

4. 매미는 왜 시끄럽게 울까?

5. 게임을 안 하면 어떻게 될까?

6. 어떻게 하면 즐거울 수 있을까?

7. 어떻게 하면 수학 점수를 올릴 수 있을까?

자, 그럼 오늘 하루 궁금했던 것을 '왜?', '어떻게?'를 이용해 질문하고 답해 보자.

질문	1. 2. 3. 4.
답변	1. 2. 3. 4.

17. 콧소리로 무장한 샤샤

"이제 우리 거래는 완전히 끝난 거죠?"

샤샤가 말했어.

"그런 셈이지. 내가 좀 손해 보긴 했지만."

검은 마녀였어.

"하마터면 검은 꽃의 정체를 툴툴 마녀님에게 들킬 뻔했다고요. 검은 마녀님이 내 마법 실력에 대해 어떻게 알았는지는 모르겠지만, 절대 비밀이란 거 잊지 마세요!"

"알았다고."

검은 마녀와의 거래를 확실하게 정리한 샤샤는 발걸음이 가벼웠어. 툴툴 마녀를 위한 것이긴 했지만 괜히 툴툴 마녀에게 미안한 생각이 들었어. 툴툴 마녀와 샤샤 사이에 비밀이 생겼다는 것

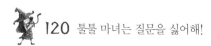

이 마음에 걸렸지.

샤샤는 검은 마녀의 질문 노트가 툴툴 마녀에게 꼭 필요하다고 생각했어. 그래서 그걸 알려주는 대신 검은 마녀의 조수 노릇을 해 왔던 거야. 검은 마녀의 정원을 돌봐 주고, 애완 거미 목욕도 시켜줬지. 하마터면 발톱으로 거미줄이 나오는 방적 돌기를 건드려 큰일 날 뻔했던 적도 있지만 말이야.

샤샤는 툴툴 마녀가 완전히 질문하는 습관을 익히고 자신감을 회복할 즈음 마왕에게도 찾아갔어. 마왕에게 그동안 검은 마녀가 툴툴 마녀를 도와줬던 이야기를 모두 털어놨지.

그래서 마왕은 제1마법 전수를 툴툴 마녀에게 뺏기고 안타깝게 떨어진 검은 마녀에게도 어린 마녀들을 가르칠 기회를 주었던 거야. 검은 마녀는 지고는 못 사는 성격이라 툴툴 마녀가 하는 거라면 자기도 꼭 하려고 했거든.

샤샤는 툴툴 마녀와 비밀이 생긴 것이 못내 마음에 걸려 툴툴 마녀에게 솔직하게 이야기하기로 마음먹었어.

"툴툴 마녀님, 뭐 좋은 일 있어요?"

싱글벙글한 툴툴 마녀에게 샤샤가 물었어.

"오늘 백발 마녀님 수업이 정말 재밌어서 그래. 확실히 질문 노트가 좋긴 좋은데?"

"그래요? 이제 예전의 툴툴 마녀님으로 돌아간 것 같아서 저도

좋아요."

샤샤가 괜히 툴툴 마녀 옆으로 가서 털을 문질렀어.

"야! 이거 오늘 입은 새 옷이거든? 털 묻는단 말이야!"

툴툴 마녀가 버럭 소리를 질렀어.

"에이, 좋으면서 그러신다. 언제는 내 털이 보들보들 좋다면서요."

이번에 샤샤는 혓바닥으로 툴툴 마녀의 뺨을 핥았어.

"아휴, 방금 세수한 얼굴에 이게 뭔 짓이야?"

툴툴 마녀는 얼굴을 찌그리면서도 샤샤를 떼어내진 않았어.

샤샤가 다시 물었어.

"툴툴 마녀님은 마법을 배우는 게 좋아요, 가르치는 게 좋아요?"

툴툴 마녀는 망설이지도 않고 대답했어.

"둘 다."

샤샤가 심하게 고개를 끄덕였어.

"그럴 줄 알았어요. 역시 우리 툴툴 마녀님이라니까!"

툴툴 마녀도 기분이 좋은지 마냥 헤헤거렸어. 샤샤가 때를 놓치지 않고 물었어.

"툴툴 마녀님, 혹시 검은 꽃의 정체가 뭔지 알아냈어요?"

"나도 그게 궁금해서 너무 답답하다니까."

샤샤는 툴툴 마녀와 약간 떨어지더니 이내 말문을 열었어. 그리고 검은 꽃의 정체가 자신이었다는 것과 그 대가로 질문 노트를 얻은 것에 대해서 말했어.

"뭐? 그런 일이 있었단 말이야? 샤샤, 너 정말!"

잠깐이지만 검은 마녀의 일을 대신 해 준 것에 대해 툴툴 마녀가 많이 서운해하는 것 같았어. 그리고 샤샤의 마법 실력에도 좀 놀라는 눈치였지. 그래도 샤샤는 솔직하게 말하고 나니까 속이 시원했어.

"그래도 날 여전히 좋아할 거죠?"

샤샤가 멀찌감치 떨어져 물었어.

툴툴 마녀는 샤샤를 한참 동안 째려보다가 말했어.

"널 어떻게 미워할 수가 있겠어? 난 여전히 널 좋아한다고!"

툴툴 마녀가 샤샤를 향해 두 손을 쭉 뻗었어. 샤샤는 뒷다리에 힘을 주고 팔짝 뛰어 툴툴 마녀의 품에 안겼지.

"우린 언제까지나 좋은 친구야, 샤샤."

샤샤는 갸르릉거리며 툴툴 마녀의 새 옷에 털을 문지르기 시작했어.

'예스'를 얻어내는 질문의 기술

> 질문 노트 chapter 17.
> 질문하는 태도가 답을 얻어내는 데 중요한 역할을 할까?

어떤 일을 부탁할 때 상대방이 거절할까 봐 겁이 난 적이 있지?

"엄마, 오늘 수학 학원에 안 가면 안 될까요?"

"아빠, 일요일에 놀이동산에 갈까요?"

"미술 준비물 좀 같이 쓸 수 있겠니?"

일상생활 속에서 우리는 주변 사람들에게 부탁할 일이 많아. 그런데 이런 부탁에서도 '예스'를 부르는 기술이 있어. 얼굴과 표정, 태도, 시선 등을 어떻게 하느냐에 따라서 대답이 다르게 나올 수 있어. 그 비결은 바로 이것이야.

1. 미소	'웃는 얼굴에 침 못 뱉는다.'는 속담이 있다. 질문을 시작할 때부터 끝날 때까지 상냥한 미소를 잃지 않으면 '예스'라는 대답을 받아내기 쉽다.
2. 태도	팔짱을 끼면 버릇없이 보인다. 대화에 맞는 적절한 손동작은 좋다. 누군가가 이야기할 때 고개를 끄덕이면 상대를 인정하거나 상대의 말에 흥미가 있다는 뜻이므로 상대에게 좋은 인상을 줄 수 있다.
3. 시선	이야기를 나누는 동안 상대의 눈을 바라보면 신뢰를 줄 수 있다.

1쇄 • 2014년 9월 23일
2쇄 • 2017년 3월 20일
글 • 김정신
그림 • 김준영
발행인 • 허진
발행처 • 진선출판사(주)
편집 • 이미선, 최윤선, 권민성
디자인 • 고은정
총무 / 마케팅 • 유재수, 라미영, 김사룡
주소 • 서울시 종로구 삼청로 59 (팔판동) 대표전화 (02)720 – 5990
　　　 팩시밀리 (02)739 – 2129 홈페이지 www.jinsun.co.kr
등록 • 1975년 9월 3일 10 – 92
※책값은 뒤표지에 있습니다.
글 ⓒ 우리누리, 2014 그림 ⓒ 김준영, 2014
편집 ⓒ 진선출판사(주), 2014

ISBN 978-89-7221-882-1 64810
ISBN 978-89-7221-800-5 (세트)

진선 **아이** 는 진선출판사의 어린이책 브랜드입니다.
마음과 생각을 키워 주는 책으로 어린이들의 건강한 성장을 돕겠습니다.